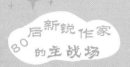

80后新锐作家的主战场

点燃青春文学的新火花

系列丛书
XINHUOHUA

恋上我就别想跑

洛清 主编

重庆出版社

图书在版编目（CIP）数据

恋上我就别想跑/洛 清 主编．—重庆：重庆出版社，2005.8
（新火花系列丛书）
ISBN 7-5366-7329-9

Ⅰ.恋… Ⅱ.洛… Ⅲ.短篇小说—作品集—中国—当代 Ⅳ.I247.7

中国版本图书馆 CIP 数据核字（2005）第 097630 号

恋上我就别想跑

LIANSHANG WO JIU BIEXIANG PAO

洛 清 主编

责任编辑：周北川
封面设计：Winsse
技术设计：洛思文化工作室

重庆出版社出版、发行
（重庆长江二路 205 号 邮编：400016）
新华书店经销
湖北日报社印刷厂印刷

开本 787×1230 1/32 印张 8
字数 148 千 插页 3
2005 年 9 月第 1 版
2005 年 9 月第 1 版第 1 次印刷
印数：1~10 000

ISBN 7-5366-7329-9/Ⅰ · 1260
定价：16.00 元

目录

CONTENTS

2

恭小兵

想起一些词汇

那时候，
我们的外套上也有补丁，
但却从未补到内心。

1 蓝天,白云

　　我曾经恨倾听那些吟咏蓝天与白云的歌谣,它们加剧我内心的酸痛和绝望。因为现在我很少有机会见到蓝天白云。许多浩浩荡荡的现象乃至词语,就这样或是那样地被人们的视线和感官给弄模糊了。很多事物已经变得有名无实,真正的意义却在它们自己的名字背后一泻千里、肆无忌惮、醉生梦死地存在,要么繁荣,要么枯萎,惟其力排众议,才能抵达真相。

　　星期三下午的马路上尘土飞扬,各式各样的机械野驴般地撒泼。很多城市的街道已经失去白昼的概念,包括我正漫游着的这个破落不堪的内陆县城。从各条里弄里蹿出的飞车党徒们纠集在一起,密谋挤兑掉往日铁马金戈的英雄。尚具廉耻心态的马儿们早就知趣地隐退,而恬不知耻的那一部分,最终沦为白领女人和电影明星们的宠物,供他们练习淫荡和表演之用。骑手热爱摩托车。世界变了样。猫儿或者狗儿们早已经幸福地睡进美女的乳沟里,披金戴银地生活。人模狗样这个词不再是原来的那个意思,所以应该换成狗样人模。

　　昨天依然是阴天。专管摁小区车道门按钮的吴老头打电话叫我去他那儿领汇款单拿东西,是前几个月发表文章所得的233元钱的稿费。闲聊时吴老头愤愤地说,刚才马瘌痢的大奔里又换了一个女人。吴老头有个比较夸张的说法,讲阴天马秃子的车一回来,哪怕车窗紧闭，也会散发出阵阵挖心的恶臭。所以每次给马老板开门，老人家都得重温一下他的龟息大法。基于此，我明白了为什么老瞎子博尔赫斯总能够遭遇到另外一个自己。也基于此，看小区大门的吴老头曾经抑郁地朗诵过类似海子般豪壮的诗句：阴天，马痫痫的头上要发出阵阵的恶臭。

其实他应该容忍马秃子和那新换的乘车小姐之间或许有爱情存在，虽然在那个女人之外他还有一个法律意义上的老婆。可是一纸结婚又能怎样，那不过是多年以来公共意志的积习，由一些不知姓名的人发明、修订和完善，之后他们陆续都死了，却要后人都按照他们的意志来活下去。所以说，吴老头拿这样的条文去和马先生的爱情说事是很不公平的。

人间非此即彼，又非彼即此。我们的身体里有很多个自己，像是天空上存在过的九个太阳，地上枯荣着的七片树叶，观音的一千只手。这样的天气，成为今天我的暴烈与柔情、热爱与厌恶的根源。这导致我在一个阴天的下午跟叨叨不休的吴老头说了声再见，然后就一头扎进这个小城的肺腑里，沿着一条污浊的街道缓缓行走。走累了我只能在街边坐下，却忽然对着满街的行人破口大骂，脏话连篇。

也可能不是天气的因素。齐腰的深夜里，我是多么怀念我曾见识过的白云与蓝天。小鸟在前面带路，风儿吹向我们，我们像春天一样……可是现在我却只能怀揣着梦境里的快乐混迹于市井。

恋上我就别想跑

3

为什么我总能不假思索地表达出我对这个世界的轻蔑与厌恶？我讨厌自己具备了这个功能，可是那些骂人的话语就好像是一条呼吸管道那样时时扼制着我，日复一日。

所以我总是心怀歹念，我想伺机离开人群，迅速逃离出这个喧嚣的城池，如同一头畜生那样，回到它从前生长的深山老林里去。事实上不走也是死。其实人生又何尝不是一整场十足的失望和虚妄？

在沉闷的房子里，隔着窗棂看那地上的月光。其实冷的暖的它们都是李白嘴里的那些霜。春天又何妨？一些藤蔓逾越出木架，横穿丝网伸延到藤萝架边的杂树上。它们的姿势像极了风里雨里苦苦挣扎哀号着的我们。我们顺着成长的枝叶在生命里游荡、攀延，并为自己能再次获取胜利而梳妆打扮。

胜利后我们就在大街上疯狂奔跑，让老人和孩子跟不上我们的速度。但我们的丑陋却可以使得我们变得更加勇敢，直到彼此的面孔被时间风干。弹掉夜晚的最后一个烟屁股时终于想起当年曾经翻过一本关于禅的闲书，说世界是戏院，生命是孤岛，四周浊浪滔天。自生自灭才是活着的至高境界。

2 湖泊，大海

在湖边沉思是有害的，因为湖边除了湖一无所有。

如同梭罗在瓦尔登湖边所做的一切，十分可疑，即使现在看来还奇迹般地显示出某种可疑的痕迹。据说他对湖泊的接触是有预谋的。当年他那么张罗着，执意要去湖边沉思，让人觉得他好像是迫不及待地要去湖边做一场可笑的演出。我们可以把梭罗急着要去湖边沉思也当成一种蹩脚的表演来进行抵触。除此之外我们将不明所以，所获寥寥。所以，沉思也不过是个比较搞笑的词语。

尽管如此，2003年冬天的一个黄昏，我还是不由自主地坐到了一个可以被称之为湖的水边。当时我觉得这只是一个巧合，我想我绝对不会像梭罗那样傻，更不会进入到那些傻极了的思考状态中去。至今我仍然固执地怀疑，任何性质的思考充其量也就是一只水鸟的嘶叫或者一头畜生的哀号罢了。

冬天的水域周围有股难以形容的阴凉。风像缕缕孤魂那样从湖底爬上来，纠集成看不见的方队向四周开辟疆场。它们企图入侵并征服我，结果如愿以偿。只是在湖泊面前，它们却表现得那么脆弱易损，甚至比我还不堪一击。

湖泊无视我的存在，没有丝毫的同情与怜悯。事实上我也不怎么需要。我来湖边之前就是决定要把自己作践到底的。混在人群里，我长得并不搞笑，不过单独坐在冬天的湖边，像不像个傻子就很难辩解了。

然后，我就看见那些水波阵阵拍击着湖岸，听到一种缓缓倒塌和溃败的声音，体会到寒冷和饥饿之间终于有了一个合理的连接；

还有，整个的我，正在被风挤压，被湖缩小，局部的我，或爆裂，或消融。

面朝湖泊，我是个地地道道的自我作践者、失败者；而且还只能是败了又败，一败再败。贱货的下场基本上就是这样。只是既然事实如此，失败又有什么大不了的呢？

在湖边思考是有害的，因为沉思者将冒着把表演沉思以及仅有沉思的愿望当做思考的本身来看待。这很危险。

所以终有一天，终有一天我会面朝大海。

③ 城市，乡村

我们不能无视任何一个乡村或者城市的存在，尽管这个标题早就已经有了雷同且腐朽的嫌疑。

但我不想把它仅仅写在标题上面，作为招徕读者的商标，那样做不但过分而且猖狂。关于城市，我总是显得言辞过激甚至语无伦次。可我总觉得自己很有责任来写它，当然，要简洁。

现在中国的每一个城市几乎每天都在改变，而且它们的变化是惊人的。我总是无法了解到任何一座城池的内涵，因为我无法在短短的22年里就猖狂地说我读懂了某个城市，更何况它们毕竟是一座座真实存在着的城池啊。它们独一无二。

我也不知道一些所谓的优秀作家们究竟从哪弄来的一双双锐

利的眼睛：短短数月的深居简出就可以把一座座巨大的城池收集在他们的大作里——而且那些作品确实辞藻华丽、耀武扬威——可是实际上呢，实际上很多城市不过是条脏兮兮的母狗。

2001 年，我曾在上海宝山的一个小乡村里待过两个多月，那个地方临海很近。风花雪月里面的风，在那里篡夺王位当上了暴君；尤其是夜里，它以巡视其臣民的亲政方式君临天下，骄狂纵横，令人发指。

那个小村庄很安详地俯卧在上海市宝山区的版图上面，有条污臭的小水沟横穿它的腹部；一些似被规划又不像被规划过的乡村建筑横七竖八地挺立在三町沟上面，像一片片漂浮在死水里的枯叶。一有风雨到来，整个村庄都会在风里雨里飘动摇晃。如果是阴天，即使是个土生土长的上海人，到了那个地方，也总会有一种异样的感觉：一种莫名的警惕和庆幸，还有就是毫无生机满目荒凉……

离开上海已经两年多了，这两年里，我偶尔可以选择在礼拜六或者星期天的下午回去看看，那是个绝大部分上海人叫不出来名字的地方，不过我知道，它叫三町沟，从三泉路坐 719 可以直接到达。车一停，以前我租住的小楼房和一些扭曲的老柳树就互相依靠，历历在目。倘若不幸碰到什么下雨的天气，一些小楼的过道里，总会挂满许多潮湿的衣裳。

④ 伤痕, 旅痕

我是突然之间决定离家出走的,只带了一本书,书的名字让我厌倦。独行的旅人在火车上都适合一个词语:疲倦。

每一个站台,我都分外注意那些上火车的人们,他们很快乐或者很感伤地上来。我力图猜测他们每一个人的内心。有时,我与他们并肩而坐,偶尔寒暄,或者沉默。手中的书始终没有机会被我打开。不是没有心情阅读,而是怕一打开,自己就会像每一个擦肩而过的站台一样,又老去一次。

记得有一次在上海的静安寺里面游走,门票是 40 元,相当于 4 包"金上海"。我进去左拐右拐,而后发现自己迷上了那口大钟。管理人员在他那张打印机般热情的脸上打印出一个精美的微笑对我说,敲吧,10 块钱敲一下。我给了他 10 元,兴致勃勃地走到钟跟前,刚刚伸手,忽然没了欲望。因为忽然觉得,这口钟,无论我怎么敲它,那声音都会迅速逝去……

有天晚上,醉醺醺地告别了那几个酒虫,一路晃晃悠悠地哼着一首童谣。由于喝醉,声音很高,又由于唱歌,我想流泪。一个警察走过来,拍了拍我的肩膀叫我跟他走一趟。到了局子里,我看见一大堆衣衫不整的他的同行们在用一副纸牌赌着钱。拐角处有位穿着很文雅的女打字员坐在电脑前面,微笑着与她亲爱的罪犯们聊着天。

那个女警察肩膀上面的警衔金光闪闪呀金光闪闪。假的！——那个带我进局子里面的警察把他的桌子一拍。我说，假的，都是假的。他说，你的暂住证是假的！你妈的……

　　望着横流的物欲，泛滥的爱情，常常可以想起我们的童年。虽然记忆很贫穷，但是却很干净。

恋上我
就 别
想跑

陆 蓉

离开有关苏小白的春天

那只金鱼陶瓷器皿，我终于没有机会送出去，『我爱苏小白』这五个字，在白雪的映照下，显得格外刺眼。

1.

公元 2004 年的 6 月 10 日，是我和苏小白认识的第 100 天。100 天可以书写一个爱情神话，100 天毛毛虫都快变成了蝴蝶。可是，我的苏小白，居然还是分不清我叫丁丁，还是当当。

其实，我有个非常动听的名字，丁当。像檐下的风铃，风一吹，便有清脆的声响发出。

第一次见到苏小白，是在南徐路 27 号的公交站台上。他穿崭新的卡其布休闲衣裤，剪很短的板寸头，1 米 80 的身高在我眼前显得很突兀。

雨下得很大，一直没有要停的迹象。街上的行人在一阵惊雷过后纷纷如鸟兽散，站台上只剩下我和苏小白。这情景很像是在拍摄一场浪漫的青春爱情偶像剧。

嗨，有兴趣玩游戏吗？我主动和这位翻版的"裴永俊"搭讪，他羞涩点头的样子像个犯错误的孩子，脑门上有婴儿才有的极细的绒毛。

10 路公交车不合适宜地停在了他的面前。透过车窗玻璃，他向我挥手，隔着雨丝，他的面孔有些模糊，像极了一幅洇了水的水粉画。也许这张面孔，要让自己惦记好一阵子吧。怔怔地，竟觉得有些许惆怅。

2

　　夏季快要来临之前，我换了住所。书、CD、衣物和一大堆的杂七杂八，每次搬家总会让我虚脱。新租的公寓靠着商业街附近，出行购物都很方便。楼底的兰州拉面馆，是我经常光顾的地方。

　　没想到会再见"裴永俊"，叫他的时候，他正边吃边看一份报纸。是你，抬眼之际，有故人再度重逢的喜悦。我笑，露出浅浅的酒窝。

　　街道两边的玉兰花散发着淡淡的清香，很像我此刻的心情。喜欢他走路时的样子，双手插进衣衫的口袋，步伐沉稳，像动漫人物中的樱木花道。他告诉我他叫苏小白，在经十二路开一家音像店。

　　和他玩数数的游戏，直到走完了整条步行街。为什么你总能赢？他很奇怪，看着我，像看着一个外星人。想知道答案吗？等下次见面再告诉你哦。

　　我用一个游戏试探着苏小白的态度，触须温柔地伸向对方。

3

　　苏小白的音像店不大，小巧而整洁。窗台上摆放着一盆水仙，洁白的花蕾，在阳光的沐浴下，悄然盛放。我进去的时候，苏小白正低头读一本日文书，专注的样子让人怜爱。

　　瓦答西瓦，瓦答西瓦。我龇牙咧嘴站在苏小白面前的时候，他

12

惊喜得一个劲儿挠后脑勺。

新沏上来的龙井氤氲着淡淡的热气,喝一口,有股涩涩的清苦味。他说,丁丁,很高兴你能过来。我叫丁当,不叫丁丁哎。天,这是他第三次叫错我的名字。

这就是我喜欢的苏小白,喜欢叫错我名字的苏小白。

去苏小白的音像店,成了我每个周末的功课。我总会编出各种花样繁多的理由。

我说,苏小白,你太瘦了,我炖的皮蛋瘦肉粥最养人了。不过,交换条件是,你得教我日语啊。

他用一种求之不得的语气说,好啊好啊!我最喜欢吃皮蛋瘦肉粥了。

在苏小白的面前,我不是个称职的学生。我的心,会被他的一个小小动作,悄悄偷跑。

他挥舞着双拳喊着"干巴爹"的样子让我觉得温暖,像那盆盛开的水仙。

"干巴爹","干巴爹",这是我们喊得最多的一个词,直到看着对方笑出声音。

4

7月6日,是苏小白的生日。这是我藏在心底的秘密,我要给他一个惊喜。

鲜花店的人很多,于非叫我的时候,我正和鲜花店的老板交战着价格。

眼前的于非,还是当初俊朗的笑容,瘦瘦的身形,蜕去了一份年少时的青涩。

他说,丁当,怎么会是你,人生真的比小说还要富有戏剧性。

脑海中电影画面般地切换到1994年的秋天。那是个恼人的秋天,父母离异,我来到A城求学。陌生的环境,陌生的人群,我像只孤独的小兽,囚禁在自己给自己编织的牢笼中,找不到出口。

上课的时候,我不敢发言。蹩脚的方言,换来的是同学们的哄笑。

于非是在这个时候走到我面前的,我死死地看着他,不说话。

窗外,有花瓣雨轻轻飞舞,落满一地寂静。

我们玩数数的游戏吧,谁先数到100,谁就赢了。

于非真是好,几乎每次都是他输,输了之后还请我吃棉花糖。那段日子,于非成了我放飞出去的快乐鸟,飞翔在我的空中。

我疑惑的是,他为什么总是输。这个问题困扰了我很久,直到毕业后,我才解出了答案。

仲夏的阳光照在身上,火辣辣的。我眯起眼睛,对于非说,还记得那个数数的游戏吗?这回轮到他惊奇了,他说,丁当,你终于清楚了答案,我还以为你这辈子都不会知道呢。

人流如潮的街头，我们告别。二十秒钟后，他喊住走远的我，他说，叮当，记得下次一起数数哦，赢了，要请我吃棉花糖啊。

我点头微笑，天空是水洗过一样的蓝。

5

伊莲娜的出现是迅疾的，迅疾得像只冲出丛林的小鹿。她出现在我面前的时候，我手里正捧着买给苏小白的鲜花和蛋糕。

她扯着尖细的嗓门，以一种主人的身份叫道，小白，有客人来了。

喜欢一个人，总喜欢按照自己的预想来设计。我忘了，苏小白，根本就还不是我的男友。

小白从厨房出来的时候，和我想像的一样，意外得就差没下巴脱臼。

他说，当当，你怎么知道我的生日？天，这是他第四次叫错我的名字。

他不知道，他在台历上圈画出来的生日日期，在很久之前，就成了我的一种期待。如今，这种期待，变成了落寞。

伊莲娜显然对我充满敌意，她有一双很好看的丹凤眼，有一头很淑女的长发。左一个小白，右一个小白，被她叫得很亲热。

我像个多余的符号，夹杂在他们中间。我说，我有点不舒服，先回去了。

小白打电话到我家的时候，我正在看一部很煽情的韩剧。主人公有着和我一样的命运，在一场如花的暗恋里，把花事用尽。我流着眼泪，一个劲儿地啃着苹果。食物是个好东西，能填补我暂时的痛楚。

他说，丁当，你不舒服吗？要不要我过来？我很高兴，这次，他终于喊对了我的名字。

苏小白还是出现在了我的门口，鼻尖上冒着细密的汗珠。

电视剧很煽情，很浪漫，很温馨。剧中的民哲霸道而又不容置疑地在海边拥吻着莲秀的时候，我用余光看向苏小白，他似是注意到了我的目光。四目相对的刹那，我预想的情节没有出现，那场我在梦中温习了百遍千遍的镜头没有出现。

窗外的蝉很聒噪地叫着，苏小白走后，我一个劲儿地唱着李宗盛的《最近比较烦》，我不仅要用食物来填补我的痛楚，我还要用歌声来放逐我的忧伤。

⑥

9 月 6 日，没见苏小白，已经两个月了。我试着不去想他，那个游戏的答案，我一直没有告诉他。也许，根本就没有必要了。

周末的时候，我常去得胜路的一家陶吧，喜欢陶吧内朴实、乡土的气息。静静地，看着手中的转盘转动，然后将晨曦转动成黄昏。

一个月下来，我制作陶艺的手艺越来越好，于非夸我在这方面很有灵气。

"干巴爹。"望着即将制作出的金鱼陶瓷器皿，我脱口而出。

呵呵，没看出来，丁当还是一位日语爱好者啊。于非冲我满脸坏笑。

我没能笑出来。彼时，苏小白双手握拳，很有节奏地说着干巴爹的样子，旗帜鲜明般地在我的脑海中跳闪出来。

街上的紫薇开始妖娆盛放，我又开始不争气地想苏小白了。

7

水煮虾、鱼香肉丝、玉米松仁，热热闹闹摆满一桌。于非对我，总是格外照顾。那个毕业后才被我解出的答案，那个在十年后才被我说出的答案，在于非的眼里，显得格外珍贵。

他说，丁当，你太瘦，多吃点。他看着我的样子，和十年前一样，总是那般温暖如春。

他不知道，在刚才的陶吧里，在我亲手制作的金鱼陶瓷器皿上，刻着的五个字。

护城河的情人街很长，不太清澈的河水里有阑珊的灯火。于非眼里闪烁的渴望，我不是没有读到。每当这时，苏小白的模样便会跳出来，把渐渐缩小的距离，成功拦截。

他说,丁当,你有心事?

于非的问话,总是很有分寸,给我留有余地。这一点,让我感动。

我笑笑说,我只是有点累了。

初秋的风,很凉爽,而我的心事是夜空中的星辰,繁密跳跃。

长长的情人街,留下的是我们长长的沉默。

18

他低头读日语的样子还是那般惹人怜爱。10月9日,我站在苏小白面前的时候,已经留了很长的头发,还染了很醒目的桃红色。

我很意外,他会带我去游乐场。这是他第一次主动邀请我。坐过山车的时候,手不自觉地牵到一起。他说,叮当,你的手太凉了。我不做声,只是低头走路,任由他牵着我的手。这是我喜欢的感觉,心里像被某种东西轻轻呵护着。

风闲适地吹在脸上,阳光安好。此刻,我很想告诉苏小白,那刻在金鱼陶瓷器皿上的五个字。这五个字,从他生日当天,封藏在我心里,已经很久很久了。

2004 年的冬天来得格外早,我进去的时候,苏小白的音像店已经换了主人。

　　我没有想到，苏小白会去日本，更没有想到，他的父母都在日本经商。他一直努力学日语的原因，我现在才清楚。为什么，我却一直没有想到。

　　那封电邮，那些秘密，雪花般飘落进我们的故事里。他说他只有喜欢一个人，才会叫错她的名字，那是因为紧张。他说那个游戏的答案，他在第一次见面就已经知道，他要的，只是可以有多一个见我的理由。他说因为我们的故事没有完美结局，所以才会有伊莲娜的出现。

　　照片上的苏小白，有着腼腆的笑容，和我第一次见到时的一模一样。

　　那只金鱼陶瓷器皿，我终于没有机会送出去，"我爱苏小白"这五个字，在白雪的映照下，显得格外刺眼。我知道，那一刻，我的眼里泛起了潮汐。

　　这个从 2004 年初春开始发芽的故事，在冬末的最后一场雪中渐渐消融。我爱的苏小白，他不在我身边。

小麦米洛

那些以集体命名的合影照

我一直想再遇见她，跟她成为朋友，坐在一起，哪怕什么都不说，我也会因为有这样的朋友而内心安宁。

我常常会久久凝视一张老旧的照片，那是一张小学毕业的合影，很多的小孩子在里面可爱地笑着。然而我没有笑，桂小泉也没有笑。我忧郁地站在第二排的左边，而桂小泉，则蹲在第一排的最右边。

那时候我们并没有太多的交流。她是一个特别不起眼的同学，沉默、平庸，几乎感觉不到她的存在。而我成绩优异，只是常常被人叫唤"头大头大，雨下不怕"。我知道我不美：大圆脸，不大的眼睛，浓密的、直伸入云鬓的眉毛。怎么看怎么不美，所以我自卑且敏感，脾气不好，经常和男生吵架，吵得凶的时候，也扔过书，扔得老远的那种天女散花般。

拍照的那天其实很舒适，四五月的天，梧桐树上全是嫩绿嫩绿的新叶，天空湛蓝，可是我心里悲伤、愤怒、不平。我跟那个该死的男生又吵架了，他踢我，在我的新衣服上留了一个脚印。在我 12 岁的时候，这样的脚印在生活中占据了很重要的位置，它可以导致一个小女孩一整天的闷闷不乐。

所以在照片上，我没有笑。后来母亲看我的照片，指着桂小泉问我：她家里，是不是不好？我拿过照片，仔细地看她。我发现她的裤子上，打满了补丁——她是惟一一个穿着打着补丁的衣服拍照的孩子。可是她的表情很安详，真的可以用安详来形容。她直

直地望着前方,眼里有微微的光,那里面,有一种定然。

以后的日子里,我遇到过很多困难,每当我觉得伤心、郁闷、彷徨,我总会凝视这张合影照。我想里面那个叫桂小泉的女孩,她那么沉默寡言,可是她的内心,一定是坚强的。

我一直想再遇见她,跟她成为朋友,坐在一起,哪怕什么都不说,我也会因为有这样的朋友而内心安宁。

可是她在小学毕业以后杳无音讯。偶然一次在美食城遇到一位英俊男子,他大声地叫我的名字,表情喜悦。我思索的样子没有逃过他的眼睛,他拍拍我的肩膀说:"小学同学啊,陈焕,被你叫陈坏的经常扔书的那个。"

我笑了起来,然后条件反射地问他:"你有桂小泉的消息吗?"

他茫然地摇头:"找她干什么?"

我没有回答,但我自己心里知道,桂小泉那条留在合影上的破裤子,在我成长的岁月里,给过我很多很多的勇气。

所以一直未曾忘记。

2.

第一次远离家门,在9月。开始上大学,在外省。母亲执意要送我到学校,女儿始终是她心上的一块肉。不舍得在食堂吃最贵的饭菜,却给我买了一台佳能相机。

走之前她说,妈妈给你们宿舍拍张照吧,带回去给你爸也看看。

于是有了一张晚上十点的合影。一共 12 个女孩子,在洒满白色日光灯的寝室里,心无城府地笑着。第二天冲印出来的时候,母亲却还是埋怨我笑得不够灿烂。我问她,妈,你知道你给我们拍照的时候,我想到什么了吗?

她微笑着看我。我轻轻地说,我想到了幼儿园毕业那天,你也是躲在相机后面,看着我笑的。

母亲笑得更深。我知道我的成长,一定是给了她莫大的欣慰。她一定记得自己的女儿在幼儿园毕业那一天,哭哭啼啼地回家,因为忘记了老师的叮嘱,要穿漂亮的衣服拍照;她一定记得自己的女儿梳着小辫穿着小花裙,对着相机笑的那一刻,骄傲得像一个公主;她一定记得自己的女儿经历过那么多需要富有争奇斗艳的勇气的年龄,不允许自己有丝毫的落后。

而我也始终没有忘记,在那天,有两个温柔的女人,手忙脚乱地给我梳头,换裙子,化妆,只为了我在合影中能留下一瞬的灿烂。那两个女人的名字,一个叫母亲,一个叫老师。

后来母亲回家,说把合影放进相册了,想我的时候便拿出来翻翻。有一天,我非常偶然地发现,母亲看合影的时候,居然要用老花镜了。

我的心,痛了。

弹指一挥间,刹那芳华。母亲终于慢慢老去,当我在合影中不

停成长的时候。

3

渐渐地,几乎与所有的同学都失去了联系。只有粲然,从高中到现在,都是很好的朋友——我们称呼彼此死党。很少回家乡,同学会也不曾参加,即使在街上遇见千人万人,我又怎么知晓,谁是我曾经的同学呢?

合影中,有些旧的名字,已经被彻底遗忘,再也回想不起来。我怀疑自己也在老去。

回去过年,粲然道,你知道吗?我们以前的班主任,不在学校了,好像是师生恋的缘故……

回家便捧出相册,想看看班主任的样子,突然觉得十分想念他。他对我和粲然,是十分好的,却颓然地发现高中三年只有一张高三时6月的毕业照。而他,没有教过我的高三,当然也就不会出现在这张合影中。

遗憾,曾经的恩师啊,不管他犯了什么样的错,在我想念他的时候,竟然无从在照片上找寻,只凭了模糊的记忆缅怀他,这不能不算是一个遗憾。

在那张高中的合影上,有一个身影,曾经短暂地闯入过我的心房,是我们的语文老师。他很年轻,白净的皮肤,爱穿灰色的衬衫,青色的西服，有挺拔的身材，像一棵白杨，一棵阴柔的白杨。

毫无征兆地在一个早晨开始喜欢他。早读课，我字字清晰地对站在我身边的他说，我并不认为，背书对我的语文成绩有多么大的帮助。他弯下身，翻开那本厚厚的古文习题，指着其中一道题说，那么，这个你给我解释一下。

我也用手去碰那道题，却碰到了他来不及抽走的手。我不知道自己有没有脸红，因为当时我的心里，反复出现五个字：冰凉的手指。像电脑屏保一样，折过来，返回去。

从那以后的很多年我都固执地认为，有很多很多的爱情，都应该是从最初的冰凉手指间的触碰开始的。

发照片的那天傍晚，他也在教室。因为他是老师，班长把照片第一个给了他。

他站在我身旁，静静地看照片。

我微微地伸了伸脖子，看了一眼他手上的照片。我的内心，在瞄到一个穿黑底白花上衣、样子笨拙的女孩子的时候，突然剧烈地跳动起来。

我非常非常地害怕。那个女孩子站在中间，架着一副眼镜在傻笑，大圆脸。我甚至变得绝望起来：那一定就是我。那天我也穿了这样的衣服，戴了这样的眼镜。我自卑到这么多年除了合影便再也没有自己的照片的地步。

我不知道自己到底长什么样，但我知道自己一定不美丽。我

把头埋在臂弯里，无精打采地看了发到手的照片一眼。

我突然又笑了起来。

那根本不是我，而是我们班一个叫徐小禅的同学。真正的我，也是站在中间，但是面容清秀，表情镇定。

我长长吁了一口气，竟有些流泪的冲动。从那一刻开始，我便决定，在以后的日子里，不管遇到什么样的人和事，都不轻易看低自己。

而这张合影，成为了一个丑小鸭对过去的道别工具。

4

经过了很多折磨，渐渐变得坚强、隐忍、自信。偶尔也会在异地思乡时，想起自己的曾经，庆幸这些岁月，终于被记录在了一张张老去的合影上。

今年7月，回家乡休假，半夜无眠，跟粲然挤在一块儿听广播。DJ在跟一群嘉宾讨论关于丑小鸭的问题。她说，每个女孩子在年轻的时候，总会有丑小鸭式的自卑情结，渴望自己变得如白天鹅般高贵优雅。而她小时候，最大的愿望，是能有一套校服，那样就不用穿着破旧的衣裤拍照了。

我的心突然剧烈地跳动起来。我问粲然，这个DJ叫什么。粲然说，她叫小泉，是咱们地方台的DJ新秀。

我激动得快要晕过去。

后来，我和桂小泉，在家乡最有名的一家叫"五福园"的美食店里见面，吃饭，聊天。终于，在分别了四千多个日日夜夜以后，她重新出现在我的面前。

时髦，美丽，表情依旧安详，眼神变得更加明亮。她喝橙汁，甜甜地笑。她说，你记得吗，毕业照上，只有你和我，是没有笑容的。

话一出口，我便也笑了。她不知道，无数次我面对着那张合影有一个愿望，那就是能和她，这个给过我很多很多勇气的女孩子，成为好朋友。

这个愿望，一直都未曾改变过。我想我的内心，也一直没有改变过，朝勇敢生长的方向。

蓝梦雨枫

刺鸟的哀鸣

苏颜，你说遇见是人生白纸上随意的素描，有一天，总会淡化。

无论于人，无论于爱，总有一天，我们要错身而过。

A.

你在我的灰色背景里行走，没有底色。

我们的中间是蒙着灰尘的玻璃，我在这头沉默，你在那头哀悼。

我们的寂寞是手心呵出的暖气，如轻盈的蝶摇曳起舞。

我们坐在这座冰冷的城堡中，看着昨夜的胭脂，听着旧人的哭泣。

苏颜，你是木棉花一样的女子，絮白色，迎风盛开，生生不息。

苏颜，我们总是一同仰望，寻找翅膀飞过的痕迹，我忘记了告诉你，那是你最寂寞的姿势。

苏颜，你总是问我，地铁的那一头是什么地方，我咬着嘴唇不说，因为我知道，有一天，我们终将得到答案。

苏颜，你说遇见是人生白纸上随意的素描，有一天，总会淡化。

无论于人，无论于爱，总有一天，我们要错身而过。

我想了想，伤感了好几年。

B.

我叫杜之言，我姐姐说妈妈生我是因为家里三缺一，无法凑够人打升级拖拉机，因此把我生出来凑数。我暗自庆幸还好爸妈不是疯狂的足球迷，否则超生那么严重的话，估计我们家的债务会让

恋上我 **就** 别 想 跑

29

我连个老婆都讨不起，而且就中国的发展前景来看，估计我们一家都将成为影响时代进步的罪人。幸好，只是三缺一。

我在北京一所高等中学学文科，骑着带脚钉的极限单车在这个校园里穿行，眼神明亮，笑容温暖。我骑着单车做各式各样的花式动作，这是我的 18 岁，狂野而奔放。我如同最热烈的向日葵，盛开在烈日下。

我常常受伤，只为了做出令人侧目的动作。苏颜说你再这样，下次就不买红药水给你涂了，直接泼硫酸。我侧着头问她难道希望我参加残奥会？她一只粉拳打过来说你给我闭嘴。

苏颜是我喜欢的女孩子，笑容满面，一笑起来有两个小酒窝，头发披肩。由于训导主任教导有方，因此，在大部分的时间里，我看到的苏颜都是扎着左倾的马尾。我说苏颜是不是你的头发有左倾的癖好，否则按重力势能的物理定律来看再怎么样也不会朝左生长啊？

说这话的时候，正好是木棉花盛开的季节，苏颜站在我的单车脚钉上，双手扶着我的双肩。我们从坡上向下俯冲，带着风一样的速度。风穿过我们的身体，苏颜的蓝碎花裙鼓满了风，我闻得到木棉花中苏颜的气息，微淡。木棉花在空中冉冉起舞，随风流转般的感觉。我喜欢这感觉。

苏颜问，之言，你喜欢木棉吗？

我答，嗯，喜欢，和喜欢苏颜一样喜欢。

苏颜说，喜欢就多带一点回去吧！说完，苏颜就向空中兀自抓了一把又一把的木棉花往我的脖子里塞。

我后悔说了刚才的话，在我全身被花瓣弄得浑身瘙痒后。

我每天都要送苏颜回家，用我心爱的单车。苏颜曾说有一天谁如果偷了这车她一定会哭死，因为她的初恋就这么毁在这里；如果哪个贼偷了，她一定会操他三代的祖宗，外加吐他几口痰。

我在莫名一阵恍惚后，发现原来苏颜的淑女头衔是伪劣产品，徒有虚名。

不过，我喜欢，我喜欢这样的你，苏颜。

2003 年，我高三了。

我再也不能喝着奶昔，唱着周杰伦的歌，穿着篮球服，摇头晃脑地骑着我的单车行驶在校园里，我和苏颜变成了沉默的孩子。我们推着车慢慢地走，我的背包很重，里面是数也数不清的英语和数学试卷，我想我的背已经有点驼了，连苏颜都说我像个小老头似的。

我看着入学时候种下的玉兰树，如今树干已经茁壮得有碗口般粗大，我摸着粗糙的树皮，发觉时光早已在不知不觉中消失殆尽。我的眼神变得毫无神色，问号一般的未来站在我的面前，挡住我的去路。我力图用最优美的姿势跨越过去，如同我的单车技术一样

获得人们的羡慕与掌声，可是，没有，我像是往一个深不见底的深渊扔了一颗石子，我听不见回响。

我以为我聋了。

焰火的上升，是美妙的惊叹，之后，却只是深深的叹息。

我变得很矫情，没什么屁大的事情也联想到以后，我想对苏颜说以后我们还可以这样在一起么？可是我不敢问，我怕我的问题如同一把尖刀，狠狠地刺进彼此的心。10月的秋风扬起又落下，它们穿过我的身体，带走我许多的回忆。我如同一个吝啬的小孩，怕别人抢走自己的糖果那般缅怀自己的过去。我躲在自己的角落，想着自己看过的书，念叨着感动过的句子，听着Jay的《回到过去》，走着走过无数遍的校道，看着抽屉里那张苏颜的照片。

学校的树下似乎听不见知了的叫声了，夏末的阳光也换了容颜，变得温柔而恬然，它们从木棉树的叶子缝隙中落下来，奢侈得如同一地的黄金。两年多了，灰尘似乎也记得我，它们舞蹈着最后的舞步，走近我，然后消失在几近落幕的夕阳中。

D

我的作文成绩突然变得奇迹般地好，几周来的范文都是我的作品，连语文老师也说我开始显山露水了，看来不到最后都不舍得发挥啊！我笑着点头说那是，那是。没有您伟大而正确的领导，我是无法在黑夜的迷海中看见灯塔的光亮,而找到光明的彼岸的。听到我这句话,老师笑得几乎要痉挛,但是羞于形象问题,还是没有笑到把假牙给露出来。

苏颜是理科生,我们的语文老师是同一个人,因此那天她听到老师念的范文后,一下课就屁颠屁颠地冲过来说,之言你不会是抄网上的吧,写得这么厉害,怎么以前写情书就没这么让我感动呢?我摆摆手说是啊,金子总是要发光的,你以为你男人我是路边的杂草吗?我是不写,我要写了,免试进清华呢!苏颜说,我只是夸奖你一下下,你就把尾巴给翘到爪哇国去啦,罚你以后帮我写周末作文!我在欣然答应后交出数学试卷作为交换条件,让苏颜恨得牙痒痒的。

我看着苏颜渐渐远去,渐渐地悲伤起来,其实我想说苏颜你明白我为什么越来越会写作文么,因为我的悲伤就匍匐在你的身上。我害怕黑暗,害怕一个人站在这个城市里,我不想在我的19岁里找不到你的踪迹,我不想我的单车脚钉上再也没有你的鞋印。我可以忘记沧山洪水,我可以忘记我的青春,我可以离开我的狂躁与奢靡,但是我却不可以离开我喜欢到死的你。

日子在我的脸上走过,我感觉我的棱角在磨灭,变得不爱去计较一些事情,也不喜欢去争论什么,那个好胜而爱显现的我似乎一下子就丢了,找不回来了;我那些在阳光中奔跑的时光被我远远地扔在了后面,再也追不上来。

我在想不起苏颜的脸的时候就看看抽屉里的照片，我害怕我真的忘记。

可是这一切，我不敢告诉你，苏颜。

E

34

我第一次见到苏颜，在高一军训的第二天。

班主任把她带来后，只是简短地说这是我们班的新同学苏颜，然后就叫她入列了。我也看不大清楚她的脸，反正远远一看还可以，再一看海拔像蚂蚁。她看起来挺单薄的，风一吹似乎就会如风筝那样飘起来，我在底下咕哝着军训又要残害花骨朵了。

那几天的太阳真是毒得恶劣，热得让我怀疑是不是太阳老公和月亮老婆闹别扭闹得那么火大，否则那温度怎么热得可以在教官那光亮亮的脑门上煎鸡蛋呢？当然，这只是我的假设，看过教官耍的那套军礼拳，我在权衡力量悬殊后，决定放弃在教官脑门煎鸡蛋的试想。

果然，那个被我称为风筝的苏颜，仅仅站了半小时的军姿，就已经中暑倒地了。那时候我的思维反应得比反导弹雷达还快，我一个箭步冲出去，扶住了苏颜，急忙报告老师说苏同学中暑了，我背她去医务室。说完不管三七二十一背了就走。身旁的男同学暗自懊恼，后悔自己慢了一步，因而失去了逃避军训的好时机，更失去了和美眉亲密接触的机会,他们纷纷对我投来羡慕而妒忌的目光。

在我背着苏颜走出军训区后,不知道是我的体力在刚才的站军姿中已经消失殆尽,还是此人的重力势能超出我的估量范围,我就感觉身上这人重得跟山猪似的,举步维艰。我嘟囔着,该死的,真重啊!

不知道是不是我过分疲惫出现神经幻觉,我忽然感觉到我在说完这句话后我的后背肌肉被人拧着做 90 度运动。在感觉到痛后,我发现我是清醒的,不是在做白日梦,而施暴者不是别人,就是风筝同学苏颜。

我停下来,说同学你既然清醒了也不对我这个带你逃离地狱般军训的恩人感恩戴德一下,居然以怨报德,你说你还是不是社会主义接班人哪?

谁知她歪着头说,到底谁是谁的恩人哪,你是借我之势逃出来的咧! 说到底,应该我是你的恩人大姐吧。你不对我感恩戴德还说我重,你要死了是不是?

我这才发现眼前这个横鼻子竖眼睛的女生进化得还可以,看在她还算不影响校容校貌的份上就饶了她,转头想去小卖部买根冰棒凉爽一下,懒得跟这女人过不去。谁知道,她在后面喊,同学,请我吃冰激凌!

我说,为什么请你,给个理由!

她说,钱包放书包里了,没带。

我说，理由不充分，要求驳回。

苏颜兀自看向天空，做无所谓状，说，如果，我现在说没事，回去军训，你说教官会对去小卖部凉爽的你做什么特别辅导？

我回过头，只好垂头丧气地走到她面前心疼地说，OK，成交。

那天，我明白了，演戏原来是女人的天赋，没想到我们的第一次合作就可以躲过炼狱一般的军训。

那天的冰激凌，好甜，我在日记里这么写道。

F

也不知道从什么时候开始，苏颜成了我的女朋友。

只记得北京的天黑得很早，特别是冬天。我们会牵着手到长安街西单段六部口的地铁站口附近，去听一些人的歌。

他们没有职业，如果一定要加个称谓，有人叫他们地铁歌手。

我看过他们的脸，那种桀骜的眼神里，隐射着地铁里来来往往的人流。我觉得他们活得很纯粹，为了梦，为了指尖的音乐，放弃了朝九晚五的安逸生活，放弃了亲人朋友的期望，只身停留在几乎昏暗的地铁站台上，没有权利的交易，没有媚俗，没有功利。他们随性唱着自己或别人的歌，那是为了音乐的吟唱。我看见他们很快乐。

我和苏颜喜欢待在那里，有时甚至坐在他们的旁边，偶尔也会为他们带去点吃的东西,看他们会心的笑,我和苏颜就会变得很快乐。他们不是乞丐,他们是梦想的囚徒,他们待在一个地方为了梦执著地等待。

我记得其中一个地铁歌手曾经说过:我喜欢我的家,它就坐落在地铁通道里。我的床是大大的钢管,我的楼上是别人奢华的家。我不羡慕,因为在北京这个梦之天堂,至少有那么一块地方是我的。我在墙上贴我喜欢的宣传画,我想别人会以为我是个有点品位的乞丐,我想我的妈妈看到我这样会劈头盖脸地给我一巴掌,可是我觉得无所谓,只要我的音乐还在继续,我就是幸福的。

我和苏颜面面相觑,突然觉得自己很不知足,在这个奢华的城市里总是抱怨别人拥有的,自己没有的。

我问苏颜,如果有一天我没钱了,我也会待在这里,唱属于我的歌。苏颜说如果有那么一天的话,他们肯定会揭竿而起把你痛扁一顿,因为你的歌声实在是难听。

音乐里,有我们的爱情。

我希望,我和苏颜的爱情,也可以在零落的幸福中永生不灭。

高二,分科那天我想了很久,我似乎站在一个标志着爱情与梦想的十字路口犹豫不决。苏颜选的是理科,因为苏颜这小妮子的

数学好得让人实在想去掏钱补习，每次理科考试排名都是第一，并且在借贷问题上淋漓尽致地体现了自己的天赋，每次我打完篮球忘带钱买可乐，之后总是要还两瓶可乐给她。

因此，苏颜不读理科是浪费人才，老师如是说。

我选了文科，因为我的矫情，因为我的梦是有一天可以拿着我的笔写出美妙的歌词。我想为地铁歌手写歌，写出美妙而惊叹的句子，供世人吟唱。

苏颜说，还记得那个地铁歌手说的么，他说他觉得无所谓，只要他的音乐还在继续，他就是幸福的。而之言你不要这么犹豫，既然梦想和爱情是不同的路，那么我们就要坚定不移地走下去，就算有一天我们无法在终点相遇，起码我们曾一起走过，并在各自的终点找到了属于自己的梦，自己的幸福。

她说这话的时候，我有股想哭的冲动，可是我忍住了。我说没事的，苏颜你要加油，这样一来我们可是要垄断文理两科的，加油哦。

2004 年的烟火似乎特别璀璨，夜空中盛开的烟花如同一场无穷无尽的盛世迷梦，北京的夜晚变得越发漂亮。我站在阳台上，表情麻木，姐姐和未婚夫在厨房里忙碌着，他们决定在今年五一把婚事给办了。爸妈翘着二郎腿，似乎家里的问题就剩下我一个了。我打电话给苏颜，说我们出去庆祝吧，顺便去看看地铁歌手。

苏颜在那头叽叽喳喳得像五百只鸭子地说好好好。

我们还是牵着手。如第一次那样，街上不怎么热闹，或许大家都围坐在家里吃着年夜饭吧，街上都是年轻的孩子，他们欢呼着，雀跃着，发梢上染着各种颜色。我看得出他们都是高三的孩子，他们只是在这为数不多的释放期里释放自己，忘记枷锁，忘记那道高考的枷锁。

地铁里，人很少了，往常一排排过去的地铁歌手和一些驻足聆听的人都消失不见了，只有为数不多的人还待在那里，很冷清的样子。我走过去问其中一个，某某某今天不在这里吗？他抬起头不答理我，直到我把手上的钱递过去，他才很不情愿地告诉我那个歌手走了，梦想已经破灭，总不能在这破地铁通道里耗尽最后的一点年华。

我叹息着牵苏颜离开，他们口中的幸福，最后还是因为现实而流离失所。

H。

我对着呼啸而过的青春无可奈何，谁也没有给我们再来一次的机会。

很快的，2004 年如同一列铆足了劲向前开的列车，我坐在窗台边，看着身边的人一个一个离开我。我张开手，试图抓住一些掠过的风景，可惜，无可奈何。

五一那天，姐姐上婚车的时候，我看着她穿着婚纱银妆素裹地

对我笑眼盈盈,我知道从今以后会少一个人和我抢好吃的菜,会少一个人对我说教,会少一个人打拖拉机,会少一个人给我盖被子。这些问题看起来似乎都是好事情,怎么我就感觉那么悲伤呢?我感觉一列火车从我身上碾过去,带着轰隆隆的势头。我感觉我的生命被抽离出许多东西,它们如无法止住的血向外流,我包扎不住伤口,只能任其继续,无法克制。

40

姐姐走后,高考备战也进入了最后的一个月,一次又一次的模拟考如一场一场的攻坚战,让我身心俱疲。我和苏颜在一起的时间也少得可怜,见了面彼此也会提到彼此的学业,然后是深深的沉默。

苏颜说,我要考北理工。

我说,我要考上海复旦。

成绩公布的那天子夜,我拿着电话不敢相信我的成绩,我以为是电脑出了故障,于是再拨,还是一样。爸妈坐在我的对面,神色焦虑地看着我一遍遍地拨信息台的号码,可是我还是那副很惊讶的表情。姐姐打来电话问妈妈我考得怎样,可是妈妈问了我好几遍,我一句话也说不出来,然后沉默地把自己关进房间。妈妈只好自己再打了一次信息台的号码,之后她的表情就欢喜得如同拿了压岁钱的孩童。

是的,没错,我考得很好,复旦我肯定是可以上线了。

妈妈走进我的房间,嗔怪着打我说怎么考上了还那副表情,看把全家人吓的。可是我明白，我考上了就意味着我和苏颜的爱情注定是南北相望，两地相隔。我打电话给苏颜，问她考得怎样？电话那头的她很开心，我听得出北理工应该已经是不成问题了。

我们的故事，再过两个月，华丽的帷幕即将落下。

I

最终，飞机还是带着我离开了北京这个有着沙尘暴的城市。

我俯视着夜色中的这座城市，灯火依旧，人却阑珊。我想起了地铁通道里的那些地铁歌手，他们在黑暗中悄悄地流泪，我听得到他们内心濒临绝望的歌唱，那些思念和着最后的孤单、别离、等待、落寞，流离在城市里的每个角落，如同扬手间一支华丽绵延的骊歌。

苏颜，我走了，我默默地念着。

空姐走过来，问我需不需要看本书，我点头说，好的，谢谢。

我翻开其中一页，上面写着：传说中，有一种鸟一生只鸣唱一次。从离开巢穴的那一天起，就永不停歇地寻找着世上最长的荆棘。 当它找到时，就会将自己的胸膛朝着最长最尖的刺撞去，在最深最刻苦的痛中，引吭高歌，而这样的歌声，超越了它自身的痛楚。声音无与伦比，感人肺腑，就连世人以为声音甜美的云雀或夜莺都不能与之相比。 刺鸟从不畏惧死亡的降临，以它的生命作为换取世上最美丽歌声的代价，而当我们迎向最深刻的痛，我们知道

我们将无所畏惧。因为，惟有经历了最深沉的痛楚，才能换取最美好的事物！

我有点感动，刺鸟的存在是为了那最后的吟唱，而我，能不能用这场分别换回一场天长地久的结局呢？

我突然很想苏颜，很想很想。

淡蓝夏天的粉红心事

那天雨后，我的窗口飞落一只红草莓发卡，我猜不出这只发卡究竟属于小兵还是太君，其实是谁的已不重要，我会永远当做秘密珍藏它。

1

16岁那年夏天，我喜欢趴在阳台上等雨。

太君撇着嘴说我是阴天乐，心里阴暗着呢。我眯着眼从牙缝里挤出一句："怎么也比你强！"从小学到初中，太君一直是我的同桌，关于她的名字，我听过的解释绝对有一千遍：她那博学多才的姥爷一生最喜爱深通兵书、久战沙场、忠心爱国、深明大义的巾帼英雄佘赛花，所以给自己惟一的孙女取了这么一个与众不同的名字。

7岁时的太君，又矮又胖，所有同学更喜欢把她和鬼子联系在一起。为此，没有人愿意和她同桌，惟有我，脸上挂着笑接纳她。9年里，我们已好得不分彼此。我叫小兵，士兵的兵。

那天阴天，我吃过早饭又趴在阳台上等雨。灰蒙蒙的天，敞开的窗口一丝风也没有。正无聊之际，突然看到楼下有几个工人模样的人正从一辆大卡车上卸东西：淡蓝色的床，淡蓝色的沙发，淡蓝色的衣柜，淡蓝色的书桌……如此脱俗的家居用品后面会有一个怎样清丽高雅的女孩呢？于是，我开始等，比等一场雨多出十倍殷切的希望。

终于，迟迟开来的黑色轿车后门下来一个人，黑色宽腿裤，淡蓝色小褂，黑黑的头发，年龄应该和我相仿，分明是个男孩。男孩的手搭在一位中年妇女的臂弯里，中年妇女手中握着一个带有喷头的小瓶子，一边走一边向空气中喷洒着什么。

他们走向我们这个楼口，我听到中年妇女说："真一，走路小心。"原来新搬来的这个男孩叫真一。

2.

太君在电话里柔声央求："小兵，难得的大晴天，请我吃冰激凌好不好？"放下电话，我决定下楼。走到三楼西侧，发现门口有淡蓝色的地毯，并闻到淡淡的消毒水味道。我想，真一是住这里吧。我家是四楼，东侧。

冷饮店，太君吃掉第三个冰激凌后问我："小兵你是不是有什么心事？"我眯着眼说没有。太君自言自语地说："我知道了，阴天乐在阳光灿烂的日子里会莫名其妙地不开心。""无聊。"我看着太君鼓鼓的双胸恨恨地说。她的胸，像两座耀眼的小山，而我，沈小兵却胸前平平。一起洗澡时，她就是我的阶级敌人。太君吞下第四个冰激凌，指着天空说："阴天了。"

三楼，我又闻到了空气中浓浓的汤药味。四楼，打开门，妈妈一如既往地夸张道："宝贝女儿回来了。"我捂着鼻子，试图用手挥去她身上难闻的香水味道，从衣服到化妆品，她只买最廉价的品牌，真够俗气。我突然留恋楼下的药味，那里面，有令我神往的馨香。

妈妈在洗手间说："小兵啊，楼下新搬来的那个男孩是个病人，记得不要去招惹。"我抱着枕头的手不由自主地一抖，"什么病？"

恋上我
就 别
想跑

妈妈在洗衣机的嗡嗡声中说："他的父母是满城闻名的花草大王，听说十年里凭卖鲜花赚了几百万。真可惜，偏偏有这么一个病孩子。"

我叹口气，我的妈妈，向来是所问非所答，我想知道的是真一的病，不是他父母的职业。

46

中考成绩下来了，我的考分超出录取线 0.25 分，我考上了重点高中。妈妈逢人便说我们家小兵真争气，为我省了 8 000 块钱。如果没有这 0.25 分，就要交 8 000 块钱议价费。妈妈在高兴之余给了我 1 000 块作为奖励，那年那月，我突然富有得令人眼馋。

多数时间和太君一起逛街，我进书店买书，她就站在小吃摊边大吃特吃，我出来后边嘲笑她边为她付账，然后我们手牵着手一路有说有笑地回家。那团"淡蓝"到来之前，我每天的时光便是如此打发的。

我在心里不可遏制地设想着与真一的每一次巧遇：也许，我会在楼梯口碰到他，当时，他的手上正捧着一本书，《红楼梦》还是《镜花缘》？也许，我会在楼下的花园里碰到他，记得他父母是养花大户，我可以问问他，园中那朵我不知名的小花的名字？也许，还有许许多多的也许。我突然感觉自己很可怕，我不明白我为什么会有这么多的幻想。三楼的那扇门，像童话故事里的城堡，日里夜里散发着迷人的气息。可是，三天了，我从没有见到真一出门。

第四天下午，我正蜷在被子里胡思乱想，太君像只落汤鸡一样闯进来。天啊，下雨了！我跳下床，急匆匆地跑到阳台，推开窗，冰凉的雨点像可爱的小精灵一样飘落在我身上。我欢喜地拍着手，太君就在我背上重重捶了一拳，刚想回身反击，手上多了一个硬硬的小东西，细看，是太君头上掉下来的发卡，玫瑰红色，重重的金属质地，造型是个香艳欲滴的草莓。我偷偷握在掌心里，决定先不还给她。

雨下得小了，淅淅沥沥，像牛毛。趴在四楼阳台上的我，低头看到了三楼阳台上的真一。他穿着白色的睡衣临窗而立，手上捧着一本淡蓝封面的书，正对着雨水洗过的天空发呆。那一瞬间，我想到郁达夫的《故都的秋》，想到子颖，想到"冠盖满京华，斯人独憔悴"。

我收回飞转的思绪，可一秒钟后又有新的爬上心头来：他是病着的，这样开着窗，雨里的凉风会不会加重他的病情？然后，就真的听到有中年女人的声音："真一，小心着凉。"这还好，有人照顾他，只是，他就要离开我的视线了吗？心急之下，我随手一扔，太君的草莓发卡就像小鸟一样飞到三楼的那扇窗内。

从小到大，我第一次瞄得那样准。

4

48

太君开始寻找发卡，窗台上，地上，垃圾桶里。我端着一盘草莓喊她："别找了，看，今天的草莓多新鲜。"太君跌坐在沙发里，嘟嘟囔囔地说："这个草莓花的发卡是临毕业时小冬送给我的。小冬，咱们班的学习委员，你知道吧？"我笑着点头，知道，知道。接下来看她难过得要哭了，我神秘兮兮地说："我知道你的发卡飞到哪里去了。"

三楼门口，真一比我想像的还要清秀，软软的黑发，黑黑的眼眸，略略苍白的皮肤。

"我是沈小兵，这是林太君，我住在四楼。我们的东西可能飞进你的窗口了。"我故意把飞字说得轻飘飘的。

真一脸上没有预想的惊讶，只是温和地笑着。他说你们请进吧。

太君抢先挤进门，脸上带着一丝窃喜。我知道她比我还喜欢帅帅的男生。其实真一并不帅，我喜欢的也许是他眼里淡淡的哀愁。

"太君，真是不错的名字。我想你家里定是有一位老人熟读古籍。"对，对！太君激动得差点要跳起来。九年了，第一次有人真正理解自己的名字，太君开始她第一千零一次的讲解，真一在她对面坐下来，认真地听着。凝视着真一的侧脸，我的心里，突然有点酸，像喜欢喝的酸奶，一点点向上泛着泡泡。

真一的声音软软的，像吃过的江米糖，他不大笑，只是微笑，他和我们同岁，因病休学在家。太君还在兴高采烈地讲，我的眼睛，一圈圈地环顾淡蓝的床，淡蓝的地板，淡蓝的沙发，淡蓝的窗帘……整个房间，像8月雨后的天空，淡蓝淡蓝的。目光最后落在真一的鞋尖上，淡蓝的木质拖鞋，没穿袜子的脚趾，还有这房间里消毒水和汤药混和的味道。这迷人的夏天，这谜一样的午后！

四楼门口，太君的脸涨得通红，"他真迷人啊！"我的心猛然一跳，眯着眼盯着她的一头散发问："你的发卡呢？"太君的脸由红转白，像泄气的皮球。可是，我们谁也不好意思再去敲三楼那扇门。

太阳出来了，我冷眼看着阳光下散落一头黑发的太君，原来她也是个美丽的女孩子呢！我确定，那草莓发卡一定是真一藏了起来。

5

我和太君还是手牵着手去逛街，只是某一刻，她会咬着冰激凌问我："这两天你在阳台上看到真一了吗？"我摇头，心里没来由地生气。可太君丝毫没有觉察，接着问："真一得的什么病？他父母是做什么的？"我瞪大眼，硬硬地丢出一句："不知道。"我想，我们的友谊也许维持不了多久了。

终于，太君跟着父母去外地的姑妈家度假。我开始整天趴在阳台上等雨。

周三，阴天，我听到楼下有人喊，小兵，小兵。我就笑了，是真一。

真一的脸比上次见时更加苍白,没有了太君,我们突然找不到一个合适的话题。真一拿出十几本相册让我看。我说真一你小时候真的好可爱。真一叹口气说只是 6 岁之前。我小心翼翼地把相册合上,我不想问他的病,我认为问了就是揭他的伤疤。

我开始转换话题,自嘲地说我以多出 0.25 分的成绩考上重点高中,真一先是欣喜地笑,然后眼里又是一抹淡淡的忧伤。这个瞬间我才想到,他不能上学,他更不可能上我和太君去的重点高中。

"小时候,父母的大花园里种着好多好多的鲜花,大人们说,我是在花丛里长大的孩子。可是,6 岁时的一天,我突然晕倒在花丛中。醒过来后,我开始不停地打喷嚏,流眼泪,哮喘。去医院注射了过敏试剂后,我左右双臂上整齐地出现了两行平行的小水疱。也就是说,我开始对所有的东西过敏:花粉、动物的毛发、灰尘、空气中的真菌。我不能吃鸡蛋、玉米,也不知道巧克力是什么滋味。妈妈打扫卫生扬起灰尘时,我不能待在家里,我对所有的香皂过敏,只能用洗衣皂来洗澡……最主要的是,我几乎不能单独出门,因为陌生的环境到处有危险的气息。7 岁开始,爸爸请家教来家里教我读书。现在,他们还住在乡下花园里,给我买了这间大房子,让一个阿姨照顾我。"

月华如水,辗转反侧,真一的话盘旋在我的脑海里。起身,轻手轻脚地跑到阳台,朗朗星空中,我伸出头看楼下。三楼的阳台上,身穿白色睡衣的那个人,是真一,他也没睡?!我捂住嘴,一颗心差点就要跳出来。

"小兵，沈小兵。"

妈妈在身后喊我，我跑向卧室之前，又向楼下看最后一眼，真一，正仰头向四楼张望。

开学了。

我只要有时间就去学校图书馆查资料。"花粉性哮喘"：患者会出现阵发性咳嗽并伴有呼吸困难，还会出现越来越严重的突发性哮喘症状，严重时会导致休克，甚至可能发生悬雍垂肿胀堵塞，嗓子造成窒息，以致有生命危险。

每天放学后，我会先去真一的门前报到。真一悄悄给我开门，这个时间，他的家教老师刚好离开，照顾他的阿姨也正好出去买菜。真一会打开我的书包，孩子似的抚摸。然后，用五分钟读我的日记。

我从没想到语文老师会把我的日记在全班同学面前读。那之前，语文老师说让每名同学都把一天的思想生活记录下来，可以提高自己的写作能力。周六，课代表收作业本的时候，我错把日记本交了上去。

我做好了最坏的打算，语文老师会告诉班主任，班主任会找家长，然后，妈妈会大批特批我一顿。只是，我最没想到的事发生了，

51

语文老师笑眯眯地拿起真一给我的那个淡蓝封面的日记本，用她那抑扬顿挫的声音在全班朗读："今天，历史老师上课的时候给我们讲了一个笑话，我好喜欢这个笑话，我在心里想，回去的时候，一定先讲给真一听。我都能想到真一听后，苍白的脸上会出现最迷人的笑容。……我们班新转来一个男生，女生们都说他很帅，可是在我心里，谁也没有真一漂亮……"

老师还在读，我把头低着，就要低到书桌里。

"这是谁的日记本呢？上面没有写名字。"

没写名字？我仿佛绝处逢生，头稍稍抬了起来。整个教室里的60多位同学面面相觑。

"老师，是我的。真一是我家楼下的一个男孩，很不幸，他在6岁的时候得了一种奇怪的病。"

是太君，她坦坦然然地站起来。她的脸上，有一抹红，她的声音里，有一丝颤抖。

7

第一次，我没有和太君一起牵着手回家。她走在前面，她的书包里，装着我的日记本。

七点，我走到楼下。三楼的灯亮着，真一趴在阳台上。我上楼对他说："今天我没有日记给你。"真一用手轻轻刮我的鼻子，"今天

52

让你看我的日记。"

淡蓝色的日记本怎么这么熟悉?我急切地翻到最后一页:我是太君。小兵,对不起。作为你的好朋友,在那个时候实在想不出更好的办法帮你……我是不是做得有点傻?……

我合上日记,哭了。16岁,第一次为了友谊落泪。

第二天早早等在路口,太君让我看她新买的发卡,淡蓝淡蓝的颜色。我微笑了,太君说:"淡蓝不是你一个人的秘密,对吧?"我重重地点头。

我们决定为真一做点什么。在一家礼仪公司看到那个淡蓝色的黄包车的时候,我和太君同时笑了。我们装作老成的样子和一个中年男人讲价。我手上的1 000块钱只剩860块了,可租一个晚上就要980块,太君发挥了她的演说天赋,含着泪把情况细说一遍。中年男人最后以800块钱的价格租给我们。

阴历8月15,北方的天好凉,7点钟,我和太君把车推到楼区后院,上楼接真一。真一脸上是难以描述的兴奋,我和太君因为各式各样的因素,一脸的傻笑已有点僵硬。

旧式的黄包车,封闭得很好。厚厚的帘子,车的右侧有一个小窗,真一可以通过这个窗口看到外面的风景。我和太君要用3个小时让真一看完整个城市。

高大的真一坐在车内。我和太君钻到里侧,一边扶着一个把手,小心翼翼地拉车。街上的行人很多,我感觉有好多人在偷偷看

新天花 系列丛书

我们。我小声对太君说："两眼向前，我们一定要坚持下来，这是真一很久以来的希望呢！"

这是阳光大街，这是金百合超市，这是自由大路，这是国贸商城，还有，这里是我们一起读书的第一中学！真一，真一，你都看到了吗？怎么听不到你说话？

在天桥拐弯处，我示意太君停下车。掀开布帘之前，我突然听到了异样的声音，太君看着我，脸已经涨得通红。真一，不会的！

真一安然无恙，只是脸上全是泪，那个声音，是男孩子的哽咽。我说真一，你看啊，这是江，这是桥，咱们江桥这座小城只有这里最美好！

开始放烟花了，这个家人团圆的节日多么值得庆贺！

"真一，这是菊花，这是梅花，这是兰花，这是百合……这个我叫不上来名字的是什么？"太君望着天空细数着，帘子里的真一回答说："那朵是合欢，名字最好听的花。"

烟花像美丽的彩霞映红了我们三个人的脸庞，突然，真一再一次哭了，很大的声音，他把头从小窗子里探出来，我和太君贴着他的脸，一起哭了。

妈妈边织毛衣边说："真一的父母转让了全部的家产，全家移民到瑞士。"

"啪"的一声，我打翻了墨水盒。

我带着哭腔对太君说真一要走了。太君说她早就知道了。

真一走的那天，我和太君没有去送他。因为我们在考试。

新年的时候，我和太君同时收到一张淡蓝颜色的贺卡，上面是几行娟秀的小字：16岁那年夏天，我的世界因为有了小兵和太君而精彩。当我被疾病折磨得不知所措的时候，是她们给了我快乐起来的理由。瑞士的天空很洁净，可是我每天都怀念那个叫江桥的小城。

另外，还有一个秘密，那天雨后，我的窗口飞落一只红草莓发卡，我猜不出这只发卡究竟属于小兵还是太君，其实是谁的已不重要，我会永远当做秘密珍藏它。

下雪了，雪地里，我拉着太君的手缓缓走过。此刻，我和她什么也不想说。可是我有种感觉，我们的心，长大了。

噢，那个淡蓝淡蓝的夏天啊！

恋上我**就别**想跑

烟 罗

我的初恋叫 MISS

不够时间好好来恨你，终于明白恨人不容易，爱恨消失前，用手温暖我的脸，为我证明我曾真心爱过你。

第一次见到郝宁,他的白衣像正午的阳光一样穿透我的眼,有一种火辣辣的疼。

那时我 17 岁,我能写很多很多让老师惊叹的句子,但我的理化科总是全班倒数第一。

因为我的沉默和极度偏科,使所有的老师都有理由不喜欢我。那时候我常常渴望自己是一只突然长出翅膀的鱼,那翅膀洁白柔软,我飞起来时,所有人都为我惊叹。

但是直到遇见郝宁,我仍然是个沉默而古怪的孩子。

那天下了很大的雨,北下的冷空气和南来的暖风暴在我们这所内陆小城交战,一时间,便是黑云压顶。

我到后来也没弄明白到底是郝宁撞到了我还是我撞到了郝宁,那样倾盆的雨,他的脸突然放大,就那样硬生生地刻在了我的眼里。

再见到郝宁就是自然而然的事情,那样小的学校里,他的锋芒就像夏日的艳阳。在足球场上、演讲台上、颁奖礼上、主持席上,他穿一袭白衣,微笑美好而沉静。我站在人群里,手指紧紧绞在一起,微微仰头看着众望所归的他,心怦怦地跳到几乎要窒息。这是第一次,我爱上一个人,而第一次的感觉,竟然是迷茫痛楚多于惊喜。

那一年,郝宁读高三,全校皆知他已经被保送北大,而我,除了

恋上我就别想跑

一些莫名其妙的文字，我是个谁也不看好的怪孩子。

我干过的最蠢的一件事情就是趁中午学校没有人的时候，偷偷跑到郝宁的班上，把一个叫雷娅的女生的课本翻出来撕坏，因为那时很多人都传说，雷娅是郝宁的女朋友。

我只撕了两页就看到了雷娅夹在自己书里的艺术照，照片上的女子，一袭直直的黑发，脸庞像月亮一样皎洁。就是那一刻我听到身后的响动，回头处，郝宁正惊讶地看着我。

我的心里像山崩一样，有石块重重地往下掉，砸得我眼前一片漆黑。但我还是看到了郝宁在向我微笑，他的微笑即使在惊讶的眼神里，弯出的弧度仍是那般温暖美好。他说，我认得你，你是那个文章写得很有灵气的花艺艺吧？

我走下那段楼梯的时候突然有种想死的冲动。楼梯拐角处的大镜子里映出一个瘦小的女生的影像，她一头枯发，表情严肃，戴着一副看上去丑极了的黑框眼镜。

她叫花艺艺，连名字都土得自卑。

那就是我。

2

那一年学校里最火爆的新闻是郝宁放弃了保送的名额，参加了高考,最后以全市第一的成绩考到了北大。

他始终是这样的自信和优秀,他的生命不顾我内心的呐喊与反对,以怒放的姿态向着阳光猛长。

而我,我只能拼了命地追。

最后的那两年,我按老师的要求写了很多很多正统的作文,我还记得那是 1996 年,香港即将回归,我破天荒地被老师委以重任,参加全省的"庆回归作文大赛",最后,我得了二等奖。

那次我写的作文内容是两个女生,从小是好朋友,后来有一个随家人去了香港,而另一个在老家想念着她,期待有一天香港回归了,她们能够在香港的土地上重逢。

领奖的时候,一个评委老师特地挤到我身边,对我说:"写得真好啊,我看着都快流眼泪了,你是不是真的有亲人在香港啊?"我低了头不说话,我觉得眼角很涩很涩。

其实,写那篇作文的时候,我想的是:我的郝宁在北京。

我和郝宁,会有重逢的那一天吗?

毕业前,我终于也干了一件惊动校方的大事。那天,有个外校的混混跑到学校来闹事,动手打破了学校的宣传栏。

我冲上去,摸起一块砖头把他的脑袋砸开了花。

我清楚地看见砸破的宣传栏里,郝宁的照片在澄净的天空下

微微地发着光,那样温柔的笑容,是陪伴我整个高三的温暖阳光。

再后来,高考通知下来了。

我终于也考到了北京——一所最差的民办大学,自费。

我和郝宁,终于又在同一个城市的天空下了。

以后的三年里,我一直用书信的形式与郝宁联系,我在信里告诉他我的生活,我的忧伤,我的思念,我的小小的卑微的快乐。我写了几百封信给他,几乎赶上日记的频率,但是他没有回过一封信,因为,我寄给他的信,从来没有留过地址。

同时,我皱巴巴的青春也因为这种虚幻的幸福感而微微地露出丰盈的样子来,我开始留直直的长发,然后穿素色的裙子。大二那年,我还偷偷做了近视手术,和鼻尖上扛了十年的黑框大眼镜一刀两断。

手术后我去过郝宁的学校,那所古老的、在中国学子心目中几近圣域的学校。我的运气好得出奇,在校门口,我竟然见到了郝宁。

千百人中,我一眼便认定他。

那时是初秋,他穿着一件豆绿的薄毛衣,还是那样微微笑着,姿势随意而美好。一个美丽的金发女子和他并肩站在路旁。我慢慢地走过去,听见他们正在用英语快速地交谈,他的语调愉快,她的笑声灿烂,站在灰蒙蒙的街边,他们却仿佛漫步在异国洒满阳光的清香田园。

他们说的话,我没有听懂一个词。

那一刻,我的自卑突然飞快地回来,然后加倍加倍地压在我的身上,让我快要窒息。我几乎以为自己又站在年少时的课堂上,年轻的男老师毫不留情地训斥我,因为我连"MISS"这个单词都拼写错。

我就那样慢慢、慢慢地从他们身边走过,感觉阳光在一寸一寸地远离我。

那一天,我回到学校的时候遇见了陆明,他是我的学长,在我进校后一个月,他开始写情书给我。

遇见他的时候,他拦着我问:"艺艺,你怎么了?"

我说没什么啊。

他摇头:"不对,是不是有人欺负你了?"

我笑笑,我说陆明,抱抱我吧。

他怔了一下,迟迟不动,我转身想走。他突然一步冲上前,一把把我搂进怀里。

我的眼泪不争气地倾盆而出,我伏在他的怀里,想寻找到安慰的气息来止住我的眼泪,那一刻我想,如果让我获得这一刻的平静,我愿意就此放弃郝宁。

但是，我只感到寒冷和陌生，那一刻，我疯了一样地想念郝宁，想念他温暖的笑容，想念他说话的声音，想念他的每一个手势，每一个表情。

我挣脱开陆明的怀抱的时候，我看到他眼里的受伤。

我没有受伤，我只是对自己感到绝望。

4

毕业后，我在一家广告公司做文案。

我仍然对中国文字以外的一切事物浑浑噩噩，对于老板交代的作业中出现的大量单词，仍然是依葫芦画瓢地搬上去，然后笑料百出。

老板是一个年轻的男人，常常对我做出一副啼笑皆非的表情，我就很没心没肺地对他笑。

他是个宽容的人，我很感激他，因此，在他邀请我一起参加他朋友的圣诞会时，我准时赴约了。

我穿着一条有点拖拉的紫色长裙，像个骑着扫帚的冒失小女巫一般闯进那个会场时，所有人都惊奇地看着我，我的老板照旧露出一副啼笑皆非的表情，向我招手。

他身边的人也微微转过头来，我听到我的老板向他介绍我的名字:花艺艺。

他朝我笑,他说,Hi! 很高兴认识你。

他的笑容,如对任何一个陌生人般波澜不惊。

可是,他不是我的陌生人,他是郝宁,他竟然是郝宁。

只是,郝宁已经不再记得那个文章写得很灵气的女生,不再记得谁是花艺艺。

那个夜晚我不知道自己是如何熬过的,我喝了很多的酒,但我一点都没有醉。

我的老板却醉了,郝宁和我一起开车送他回家。

一路上,郝宁专心地开着车,我的老板在座位上很不舒服地歪着,我坐在他的身旁,车上放着一首叫《广岛之恋》的歌。

"不够时间好好来爱你,早该停止风流的游戏,愿被你抛弃,就算了解而分离,不愿爱得没有答案结局……"

莫文蔚磁性的声音像玻璃纸一样划过我疼痛的心,悲伤得让我无法呼吸。

把老板送到家里安顿好,郝宁说开车再送我回去。

他站在银色的车边,为我拉开车门,然后微笑着转身对我说"上车吧"。如水的月色流淌在他白色的衬衣上,仿佛我17岁时的初次遇见。

我站着不动，我第一次这样面对面地、一动不动地看着他，这是我惟一的机会。

我的眼泪落下来，开始是一滴，然后是两行，再后来，便是成片成片，如雨滂沱。

我不知道我们这样面对面地站了多久，但是，我知道我终于看到了一个不再微笑的郝宁。

在他突然拥我入怀的刹那，我听到他的叹息，他说，我记得你以前不是这样爱哭啊，艺艺。

他记得，他明白！

我狠狠地掐他，他不言语，只是低下头，轻轻吻我。

我疯狂回应。

那夜，我不停地哭，不停地哭，我无法想像我瘦小的身体里怎么会有这么多的眼泪，以至于早晨醒来的时候，我以为我这一生的泪水从此流尽了。

因为，我看到了我的身边，躺着睡态如婴儿般的郝宁。

他睁开眼睛，温柔地搂住我，说，早上好，傻艺艺。

我鼻头酸酸，但是我睁着水蜜桃一样肿的眼笑了。

我真的以为，我的眼泪从此流尽。

⑤

临出门的时候，我把一个紫色的香水瓶调皮地塞进他上衣的内口袋里。

那是最靠近他心脏的位置，而那瓶香水，叫 MISS。

我一心一意，想把思念装进郝宁的心里。

从未有过的幸福感让我迟钝，所以，我没有预感到，分别来得太急太急。

很久以后我还会迷惑，我和郝宁，是否真的曾经那样接近？

一个月后。

在国际机场，郝宁一一和前来送行的人拥抱，交谈，一个黑人男孩叫着给他一拳，他微笑着回击。

我站在远远的角落里，这一刻，我的心里空空荡荡，没有眼泪可流。

原本应是这样的剧情，在我自以为追上了他的脚步的时刻，他却留给我一个更加匆匆的背影。

我爱的，从一开始就是一个我追赶不上的郝宁，这从一开始，就注定是一个悲剧。

只是我没有想到，我的眼泪和我的郝宁，会在同一个夜晚，离我而去。

恋上我**就别**想跑

65

郝宁最后向我走来,他没有笑。

他拥抱我,我感觉到他的力度,我觉得疲惫而疼痛。

他说,艺艺,如果你来日本,我会在广岛等你。

这是他对我说的最后一句话,说完以后,他转身,离去。

银鹰展翅,我知道,这一次,是真的告别。

66

我还没有告诉他,我对他在大雨里的一见钟情;我还没有告诉他,我写给他的那几百封信;我还没有告诉他,在漫长的五年青春里,我为他所承受的爱与痛。

我一直在拼命地追赶,就像月亮追赶着太阳的光芒,我用尽了全力追了五年,只得到一个夜晚的交集。

只一夜,便耗尽了我一生的爱恋与热情。

2004 年 1 月 1 日,我结婚了。

新郎是一个普通得不能再普通的男人,年纪轻轻已经有微微的小肚子,不喜欢穿白色的衣服,因为觉得易脏难洗。

惟一的长处,便是有着宽容的心与温暖的笑。

婚礼后第二天，收到日本发来的航空包裹，打开来，一股熟悉的香味弥漫开来，是那晚我送给郝宁的香水——MISS。紫色的香水瓶已空，香味仍然馥郁悠远。

包裹里有张字条，上面的字俊逸挺秀：

祝你幸福！

郝宁

我咬着嘴唇，不让自己痛哭失声。

我终于想起，MISS 的另一个含义，正是错过。

花艺艺永远地错过郝宁。

恋上我就别想跑

荡雪飞霜

麦小麦你给我记着

盛传麦小麦的枪法天下无敌，麦小麦打CS都快走火入魔了，没课时把三个大饭盒丢给室友就飞扑向电脑，恨不得以身相许。

B 城市的 Z 大里流传着这样一句话：你可以不认识麦当娜，却不能不认识麦小麦。在 Z 大里不认识麦小麦比不认识字更让人吃惊——假如你曾发表过有关不知道麦小麦是何方神圣的言词，大家保准会拿副瞟文盲的目光来瞄你。——麦小麦是谁？其实谁也不是很清楚，但，你看到饭堂里有人拿三个饭盒，一个放菜，一个装饭，另一个盛汤的准是她了；还有你看到那个头发乱糟糟趿着"人字拖"在啃冰糖葫芦的也一定是她。至于在网吧里边全神贯注打 CS 边嘎嘎大笑的不用说也舍她其谁了。麦小麦就像是 Z 大里一道独特的风景，这个叱咤校园的神奇女子你怎么能说不认识呢？

盛传麦小麦的枪法天下无敌，麦小麦打 CS 都快走火入魔了，没课时把三个大饭盒丢给室友就飞扑向电脑，恨不得以身相许。为此室友们没少受骚扰，后来忍无可忍终于在一个没有星星月亮的夜晚把麦小麦逐出室门。当时麦小麦打得正爽，端着把捡来的重机枪冲在前面起劲地扫，一下子就撂倒了两个倒霉蛋。她临出门还放出豪言，时势造就英雄，为早日成为 CS 高手纵横 Z 大，本姑娘哪管成为高手有多难，总之万水千山只等闲。

网吧里所有的人头都转向同一个方向，脸上流露出惊惶的表情。只见那里有个披头散发好像是女生的物体在打 CS，兴奋的时候猛灌一口可乐，叫起来像是神婆招魂。此时麦小麦正跟在大队后面拿着 AK47 一下一下地放冷枪，眼看前面那几个敌人要支持不住了，大队一拥而上，麦小麦却跳到旁边一个壕坑里，拼着小命向

前扔手雷，顿时前方一阵鬼哭狼嚎，敌人、自己人倒下一大片。麦小麦坐在电脑前嘎嘎嘎地大笑，花枝乱颤。

偏偏就在这时对面座位有人郁愤地嘟哝一句，哪个不会玩的乱扔手雷啊？

麦小麦移过头拿眼尾瞟瞟，见只是个面容干净样子乖巧的小男生，于是呼地站起来，你在说谁乱扔手雷啊？我哪里乱扔了啊？你是哑巴吗？我在问你啊！你怎么不说话了？你说啊！

对面那个可怜的小男生大概长这么大也没见过这悍妇架势，哆嗦着说句"对不起"就缩回去独自郁愤。麦小麦小人得志，心情劲靓，这回抄支 M4A1 热情高涨地往前冲，见人就扫，一梭子弹刚打完就听到对面又有不识时务的声音响起："又是哪个不会玩的笨……"

那声音的主人说到一半感觉不妥，生生把话吞回去，正要低头扮无辜状，却早被对面麦小麦喷火的眼神灼伤。小男生手足无措，只好与之对视，猛然间发现此人正是本校奇女子麦小麦，直呼万岁，连呼失敬，自愿以宵夜赔罪。

宵夜从肯德基一直吃到麦当劳，原因是快餐的小分量满足不了麦小姐三个饭盒的大容量。麦小麦抓起汉堡包狠噬一口，问道，徐玉不会是网名吧？你名字真的叫徐玉？怎么像个女孩名字？这是谁帮你取的名字啊，你爸还是你妈？

小男生红着脸点点头，答，是爷爷。

麦小麦笑得把汉堡包喷到可乐杯里。那我以后叫你阿玉好了，听着亲切可人。

徐玉窘得满脸通红，却又不知道说些什么，不停地搓手。麦小麦却恬不知耻，翻出旧账还恶人先告状。本来本姑娘今晚 CS 水平突飞猛进所以心情很好的，但就是因为你没有风度在那里乱嚷嚷，吵得本姑娘非常不爽，不牺牲一两个小时你怎能成全大我，CS 最讲究的就是团队配合，分工协作……

麦小麦叉着腰在那里强调自己的正确性，说白了就是在洗脱自己蹭宵夜的可耻性。小男生徐玉听得郁闷非凡，却又不好意思打断。终于等到麦小麦口干舌燥，徐玉逮着机会问，小姐有没有听过 Z 大 Lowkey？

Z 大 Lowkey 是 B 市最有名的高校 CS 战队。在 B 市没听过 Lowkey 战队的人根本不能算是 CS 玩家。麦小麦不管三七二十一慌不择路地点头，阿玉把手一摊，本小子正是 Lowkey 领队。

麦小麦张大的口可以吞下一整个汉堡。

从此在 Z 大里徐玉的身后总可以见到麦小麦的影子。徐玉去饭堂麦小麦小心翼翼地帮徐玉端汤，徐玉去打球麦小姐恭恭敬敬地拿着矿泉水在场外侍候，徐玉去网吧练 CS 麦姑娘乖乖地坐在旁边一声不吭。麦小麦对室友说要拜阿玉为师，苦练 CS。她说人一旦确立了理想就有股不畏险阻的动力。她指着天发誓说要做 Z 大打 CS 最厉害的女生。于是室友们一齐起哄，麦小麦你嫁给徐玉好

了，两夫妻可以上演天下无敌还无贼了——就只怕人家计算机系才子不要你。

最后一句话的刺激非同小可，麦小麦仰天长叫。

想当年麦小麦刚进 Z 大时也颇有几分姿色，身后总有几匹黄鼠狼吊着尾巴守机会。后来麦小麦被人文学院一帅哥降伏——这事件让不少样子抱歉的男生咬牙切齿。而坠入爱河的麦小麦笑容灿烂，把自己打扮得更是花枝招展——可惜恋了没两月身都还没被爱河水湿透就被人强捞上来了。原因是那人文帅哥不爱美人爱电脑，整天沉迷在CS的枪声硝烟中，把一整个麦小姐给冷落了。于是无数大小黄鼠狼重回阵营期盼麦小姐及早回头是岸。可惜麦小麦自甘堕落，为了从电脑里抢回自己心爱的男子苦练CS，却在不知不觉中把自己整成 Z 大名人。

当然徐玉的影响力也是不容小觑，短短两个月已把麦小麦调教得有板有眼，冲锋枪、狙击枪、重机枪用得煞有介事，围剿战术、逼进战术、游击战术也能略知一二。只是扔手雷偶尔还会炸到自己人，紧张起来还是会见人就扫，不过坐在电脑前腰板一挺，看上去也颇像一个高手，能唬一下人。

徐玉第一次带麦小麦出赛是两个月后的事了。那天麦小麦兴奋得整晚睡不着，第二天起来像只小熊猫。徐玉吓了一大跳，说比赛中途麦小姐可千万别睡着了，否则整支队伍名声扫地。

比赛一开始，麦小麦不减当年本色，兴奋得抄支小手枪就快乐地往前冲。徐玉气得差点吐血，心想这半年是白教了，于是忙跟在她身后，小姐这可是比赛不是练习啊，喂，喂，跟大队啊，走这边。麦小麦带上耳机把徐玉的话全当耳边风，看到哪边景色漂亮就往哪边冲，徐玉气急败坏，往她面前扫了几枪以示警醒，没想到小妮子还挺不怕死，一副为国捐躯的样子，义无反顾。徐玉无奈，只好往地上喷个标记告诉其他队友自己的方向，赶上几步紧跟麦小麦后面。

　　离敌方越来越近了，徐玉赶到麦小麦面前躲到一个掩体里，往地上开了一枪示意她跟过来，麦小麦偏不，没打招呼就很慷慨地往前面扔个闪光弹，闪得徐玉眼花缭乱，真恨不得停止比赛走到旁边掐死她。当屏幕渐渐清晰的时候敌人已经出现了，三个。徐玉很快就借着掩体的保护撂倒一个，但敌人的子弹全招呼到没有掩护的麦小麦身上，徐玉担心她招架不住，只好跳到她面前。敌人见突然多了个傻瓜不要掩护倒冲出来，齐往他身上"招呼"，徐玉乘乱又干掉一个，临死前把身上仅剩的手雷扔过去，把敌人炸得半死。

　　不过为麦小麦挡了大半子弹总算没白费，她在后面补上一枪轻易就结果了敌人。小妮子兴奋得一把抛掉鼠标大声尖叫，可没过两秒又一个敌人冲了出来，麦小麦手忙脚乱地抓鼠标，没碰到就被敌人放倒了。麦小麦站起来叉着腰破口大骂，徐玉哭笑不得。

　　比赛毫无意外地输了，作为补偿麦小麦请徐玉撮一顿宵夜，不过是在校门口的大排档。旁边的大铁锅里哗啦啦地爆炒着蛤蜊，阵阵花椒味夹着葱香飘过来。麦小麦托着腮可怜巴巴地望着徐玉，看得徐玉不好意思地别过头，招手让路边的小贩过来买了一串冰糖葫芦。麦小麦在身后委屈地小声叫道，阿玉，我也要冰糖葫芦。徐玉递给她，是买给你的，我才不吃这小孩子玩意。麦小麦撕开胶膜，像小猫般一下一下地舔，抬起头来又楚楚可怜地望徐玉，伸手摇着徐玉的衣袖，阿玉阿玉，你就大人有大量，原谅我吧。

徐玉苦笑，我又没怪你，你别扮成我把你欺负得不行的样子好不好。

麦小麦一听这话立刻咸鱼翻身，鲤鱼打滚。她两眼放光，那好！伙计，先来两瓶珠啤，再要一盘醉虾、一煲咸蛋鱼头粥、一碟海螺、一碟蛤蜊。

目光转向徐玉，一拍桌子，阿玉，你尽可放开肚皮随便吃，今晚我请客你不用客气，当这里是自己家行了。

徐玉看看周围油腻腻、脏兮兮的"自己家"的地板，苦笑着盘算在这里就算把自己撑死了也抵不过一个麦当劳的汉堡包，难怪小丫头如此慷慨。

麦小麦却是不依不饶，偏要理直气壮地翻旧账。其实阿玉，本来这场比赛不用输的你知不知道，要是你当时不跳出来你就可以全灭了他们——所以这次失败你也有责任。

徐玉哭笑不得，闷头对着跟前的海螺埋头苦干。

麦小麦占了便宜还卖乖，阿玉，你当时干嘛突然跑到我面前挡着我的视线？

74

徐玉继续苦干。

阿玉,当时你突然跳出来可吓了姑奶奶好几跳,否则我怎么也能把他们给灭了?

徐玉继续。

阿玉,你这样不打招呼就跳到人家面前是很不礼貌的,你知不知道?

徐玉……

阿玉,人家和你说话你不理别人更不礼貌,你说是不是?

徐玉抬起头,哭丧着脸,姑奶奶,你饶了我吧。

麦小麦得意地嘎嘎笑,比炒蛤蜊还响。

徐玉辞去了 Lowkey 领队一职,宣布从此退出枪坛,表面理由是要好好学习,天天向上。后来 Lowkey 领队好像是被麦小麦的前任男友——那个人文帅哥顶替。麦小麦则依然每天跟在徐玉身后,像个小跟屁虫似的,晚上陪徐玉到自修室自习,放假陪徐玉出来看电影——麦小麦惊喜地发现看电影比打 CS 有趣多了,更惊喜的是原来徐玉也是这么认为的。

麦小麦恢复正常了,宿舍的电脑好久都没碰一回。以前天天向天祈祷的室友忙着张罗杀鸡谢神,还得张罗着麦小麦的大红喜事。麦小麦又开始修饰自己了,把蓬乱的头发做了个离子烫,人字拖换成长皮靴,运动裤换成淑女裙,还买回来一堆护肤品,有空就往脸上涂。

焕然一新的麦小麦差点没把徐玉吓成青年痴呆，乖巧的小男生也许从来都只是听说丑小鸭变白天鹅，对悍妇变美女却是闻所未闻。麦小麦挽着他的手臂看新上映的《黑客帝国》，他拿着手里的爆米花直颤抖。

麦美女拿漆黑的大眼珠望望他，抿嘴嫣然一笑，吐气如兰，阿玉，那主角的枪法比你差多了呢。

徐玉小心作答，小的不敢，哪及麦帮主手枪功夫天下第一。

麦小麦掩着嘴咯咯笑，阿玉，你个胆小鬼还没回答我那天你干嘛突然跳出来挡着我呢？

徐玉心想这个问题逃得过一时避不过一世了，于是以攻代守，那时我都教会了你要跟大队，要配合作战，有掩体要躲进去，你怎么就不听了？

麦小麦望着徐玉的眼睛，巧笑情兮，人家忘记了嘛！

我是看你平时练习也掌握得好好的，才带你参赛。徐玉叹口气，谁知……

人家，麦淑女此时却低下头，我是故意的，只是想看看你会不会跳出来；想看看，对你来说是不是比赛最重要罢了。

什么？徐玉差点气绝身亡，你，真的是故意的！

麦小麦红着脸点点头。

——安静的电影大厅突然响起一声惨嚎：麦小麦你给我记着！

晨雨飞扬

爱情没有口袋

有人说：当你看见流星的时候，闭上眼睛，你许的愿望一定会实现。但是有个前提，你的手一定要放在口袋里。

风

　　我是风，同学们都这样叫我。也许吧，我有 1 米 80 的个子，俊朗的外型，在篮球场上是个冲锋陷阵的灌篮高手。我只对篮球感兴趣，其他任何东西在我眼里都是牛屎。

　　年级里的小女生喜欢在我们打篮球的时候冲着我尖叫："流川枫！"我是流川枫？不是！

　　妈妈在我 6 岁的时候跟随另一个男人远走天涯，爸爸有他的生意和情人。只有我，是没人要没人懂没人珍惜的风。在流浪的日子里，我学会了抽烟、喝酒、打架，还爱上了篮球。篮球是我的最爱，漫长的日子里，只有它一直陪伴着我，还有书房里的几本破书。

　　好不容易混完了初中，暑假里我头一次看见爸爸那么紧张地奔波于某高校，在甩掉了 N 捆钞票后，我终于被答应接收为该校的一名高中生。

　　爸爸那天一进门就说："儿子，好好上，爸爸这些年这么辛苦都是为了你啊！"

　　"爸，我不想上了！"我想也没想就甩出这句话。

　　"小风，你妈当初为什么会离开我，不就因为我一事无成是个穷光蛋吗？你要是我的儿子就给我争口气，让你妈看看穷光蛋的父亲能不能培养出名牌大学的大学生出来！"爸爸显然很激动，声音大得吓人。

我看了爸爸一眼，还想表示抗议，却突然看到了他眼里的泪光。这么多年来我第一次看见爸爸在我面前流淌出弥足珍贵的泪水。

我终于没有再吱声。那一刻，我蔑视自己的心软。

雨

我是雨。妈妈说我生下来的时候，是下着雨的清晨，于是取名晓雨。从此陆家教授的家里有了一位对雨情有独钟的小女生。

朋友说我有雨的透明、雨的清凉、雨的灵气。其实，我也有雨一样的脆弱。

一直在爸爸任教的学校读附小、附中，我是公认的乖乖女。父亲是教中文的，受中国传统文化的影响很深；母亲早先是话剧团的演员，因病离休后在家做专职太太。妈妈美丽聪慧，知书达礼，是远近闻名的贤内助。在这样的"双规"下，我一直努力学习，努力做着乖乖女。尽管我很努力，我却是个偏科的学生，尤其是数学，让人头痛的公式、让人眼花的算式、让人迷失方向的几何图形。我欲拒之于千里之外，却不得不和它有了更多更无奈的"亲密接触"。

熬过了中考，终于考上本校的高中。我校的高中名不虚传，每年都能争取到让外校滴口水的清华北大的保送名额。暑假的时候，看着一帮帮的学生家长在学校里上窜下跳，无非是想从很少的名额里争取到一杯羹，以便自己的孩子能跨区上我校的附高。在人

们眼中,就算考不上清华、北大,能上本校的大学也是很有面子的。

整个暑假,我就这样坐在葡萄架下,手里捧着唐诗宋词,看着奇奇怪怪的家长们投过的奇奇怪怪的眼神,忽然想到《围城》里的经典之笔:城外的拼命想挤进来,城内的拼命想冲出去。

那么,家长是城外的?学校的掌权派是看城门的?而我是城内的吗?那个只想读文字,只想画画,只想听音乐,一心排斥数学的晓雨。

真的很羡慕那个据说休学在家专业写作的韩寒,然而我只能羡慕。新的一学期就要开始了,谁知道摆在面前的是山冈上明净的月色还是硝烟中不堪的战场?

 风

初秋的九月,阳光很暖,天空很蓝,正是一年一度学生开学的日子。

从不管我的老爸破天荒为我煎了两个荷包蛋,两个韭菜饼,还有一杯冒着热气的豆浆。

"儿子,今天天气不错,早点起来到学校去报到!"爸爸掀开被子一把把我从床上拎了起来,一直拎到餐桌前。

"嘿嘿,别这样,我又不是孩子。"

"在爸爸的眼里你还是那个拖着鼻涕的小风。"

我瞪着爸爸，他竟然笑了。于是我也笑了。我想我们都已经被生活折磨得忘记怎样笑了吧？我发现爸爸和我脸上的笑容都显得很僵硬很滑稽。

我在学校的林阴道上大踏步走着，这学校真不是人待的地方。怒放的鲜花，清凉的空气，跟我们以前尘土飞扬的破学校比起来，这简直就是人间天堂。嗯，魔鬼来到了天堂？

忽然间，我的心脏停顿了六十分之一秒，脚步也放慢了。那前面莲步轻移的，不会是仙女吧？

长而直的黑发在风中飞舞，浅紫色的裙裾在风中飞舞。呵呵，真像一个美丽的梦。

正当我意识迷途的时候，美丽的梦回头了，人世间多少的悲欢离合，岂非就在这样的一回眸间？只是我不知道，她这一回头，是我噩梦的开始还是美梦的降临？

这是怎样的一张脸？不是美艳动人，不是不可方物，而是……明净！对了，就是这两个字：明净。

大大的黑眼睛，雪一样白皙的肌肤。

她看着我，脸上流露出惊奇的表情，而后是嫣然一笑。我仿佛看到一块透明的水晶在微笑，而我，好像一块南极冰砖，正在慢慢地解冻、融化……

没想到开学第一天，我就遇见了一个天使。

雨

我分入了0621班，虽是重点班，但学生的素质却是良莠不齐的，听说我们班不少学生是走后门进来的呢。

"雨，0621呢，你的生日！"刚进教室门，涵像发现新大陆一样尖叫起来。

全班同学的目光齐刷刷地向我们投来，我的脸一下子红了，涵却调皮地冲大家吐舌头。

唉，涵就是这样的女生，热情又率真。《流星花园》热播的时候，她会在路上大叫：道明寺我爱你。我一边骂她疯子，一边落荒而逃。初中三年我们就是在这样"互补"的友情路上一路走来。

刚刚坐定，就听到教室后面有几个男生乱哄哄地叫："老大，发支烟给兄弟们吧！"

同桌的涵凑了过来嘀咕："雨，你看那个老大好帅哦！听说他老爸很有钱呢，哇，你看他一副酷酷的模样，根本就是道明寺的翻版哦！"

"涵，拜托你不要再嗡嗡嗡了，好不好？"

"嘻嘻，你不知道我是属蚊子的吗？呀，他在看我们呢，雨，他在看我们呢。你快看！"涵不由分说地推我，我下意识地回过了头。晕，这就是那天在林阴道上的傻大个吗？那天他还有纯真热情的眼神，今天却在教室里吞云吐雾？看来真是人不可貌相。

嘴里同样叼着香烟的男生正乱哄哄地唱："我们是老鼠，我们是蟑螂。河西山冈万丈高，河东河北高粱熟了——"老鼠？蟑螂？

嗯，他们一定就是走后门溜进来的"莠"。尤其是那个老大，纵然生得好皮囊，腹内原来是草莽。

接下来的一周，那群老鼠蟑螂们依然在后边嚣张。我却开心极了，因为数学老师尚未走马上任，对我而言真是天下第一大开心事呢。

在大学里"困"了四年，想到就要开始工作了，我心里有莫名的激动。但是由于手续的问题我还是迟了一周接触到我的学生们。

我想除了把课本上的知识传授给我的学生外，还必须教给他们做人爱人的道理，激励他们努力学习，尽可能地步入大学的校门，对家人和社会有更多的贡献。

陆伯伯的女儿听说也在我所教的班级里面，上附高的时候，爸爸没少让陆伯伯照顾我，这次回母校任教，陆伯伯还打招呼要我特别关照一下她偏科的女儿呢。

我脑海里有这样的一幕：大哥哥你吃饱了吗，可以出门了吗？你要和我一起走哦，因为隔壁班的小胖会来揪我的辫子哦。于是我牵着她，看着她一路微笑着向教室走去。那条林阴小道，一定见证了我们当初一路走过的足迹吧!

而现在,我竟然成了她的老师。上天真是神奇,爱的付出与回报其实就是一个接力棒吧。

"同学们,抱歉,由于私人原因耽误了你们一周的课。师者,所以传道、授业、解惑也。所以不管是学习或是生活上的事都希望与大家共同探讨、共同提高。闲话少叙,节约宝贵时间,开始点名吧!"呵呵,我觉得自己的开场白真是老套。

……

"江小涵。""到!"呵呵,一个声音特别响亮的女生在回应。

"陆晓雨。"念到这个名字时,我顿了一下,陆晓雨?陆伯伯的女儿?

"到!"哦,是她吗?坐在江小涵旁边的那个女生?

声音虽然不大,但很甜很脆。

四年的光阴把一个小女生变得如此漂亮,真是神奇。

她正用清澈有神的大眼睛看着我,脸上带着浅浅的笑意,好像在说:大哥哥你吃饱了吗?我们可以出门了吗?这种纯净的乖模样让人想到夏日池塘里出水的芙蓉。

一瞬间,我有点晕眩。

"黎晓风。"念到这个名字的时候,我加重了语气。呵呵,听说他就是我们班上几个猖狂分子的头儿。

"到!"一个不屑的声音传过来,我看到他还白了我一眼,整个一副玩世不恭的模样。

　　只是个孩子呢。我心想，我不会放弃你们的，我的孩子们。

　　呵呵，我怎么会说出这样的话啊？我不过比他们大了六七岁而已呀。

风

　　这段日子我过得很紧张,唉,一切只为了那个梦一样的雨吗?我真是没出息,我真是没得救了。

　　忘不了那天在教室里再次看到她的震惊。想到我们将要在同一个教室如此近距离地接触三年,我内心的激动与狂喜简直无以言表。谢谢老爸啊,要不是他的奔波,怎么会有步入天堂的路啊!何况,她竟然叫晓雨,而我是晓风,兄弟们都说我们是天生的一对呢,嘿嘿,开心啊!我总要努力些、收敛些才不致被学校开除,才不致和心中的天使说拜拜吧!

　　但我又不想在兄弟们面前失了威信,所以我感觉自己像一截木头,正被一把锯子来回拉扯着。

　　兄弟们自发地去搜集雨的信息,可反馈回来的信息愈多我就愈加自卑,愈加丧失了去接触她的勇气。

　　英文老师和语文老师都喜欢让雨诵读,这个时候是我上课最认真的时候。我停止一切小动作,静静地看着她。她是站着的,因而是亭亭玉立的,她柔软的黑发遮住了她的小半边脸,但我可以看到她扑闪的长睫毛。

但就是这个诗一样的女孩,有天居然写了一篇论文,名为《F屎、老鼠屎与汤》,还被老师当做范文在全班诵读。大意是我们几粒粘在一起的老鼠屎影响了一锅汤的鲜美,呼吁老鼠屎改头换面,做味精、做醋、做酱油、做黄酒都行。而且她在文中还把我比喻成最大粒最臭最让人倒胃口的老鼠屎。

下课后教室里炸开了锅,我的几个兄弟肺都要气炸了,非要商量着给那位天仙一样的"美女蛇"尝尝老鼠屎的味道。

雨

受了爸爸的影响,我虽然外表柔弱内心却嫉恶如仇。本来好好的晚自习,经常被后面那几个人弄得乌烟瘴气。大多数的同学都忍着,因为他们几个学《流星花园》里的拉帮结派,组成F4会对有抗议情绪的同学实施打击报复。

为什么叫F4?难道是flower four吗?涵是个"黎晓风迷",据她说不是flower four,而是feng four,因为老大是晓风,所以叫feng four,简写就是F4。

晕,真是没文化的家伙,叫W4都不会,还F4,真吐!

更可恶的是他们竟然往我课桌里扔纸团:

"双子座的天使,星期六晚上8点一千零一夜迪厅,不见不散!"

"收到神秘礼物了吗? 怎么样,那鱼够大够新鲜吧? 那是我们老大带领我们去水库钓的呢。"

"如果说这世界上有一万个人爱你,其中有我们老大;如果说有一千人爱你,还有我们老大;如果说只有一个人爱你,是我们老大;如果说这世上没人爱你了,那是因为我们老大已经不在人世了。"

……

诸如此类酸不拉叽的东西,让人哭笑不得,继而气愤异常。所以那天在老师让我们写一篇作文,题目体裁都不限的情况下,我毫不犹豫地写下了《F屎、老鼠屎与汤》。

看到他们颜面扫地的样子,我拉着涵跑到外面的树林里笑了好久,真是太开心太过瘾了! 终于帮全班同学出了一口恶气。

"雨你要小心,F4肯定会报复你的。"涵提醒我。

哼,我才不怕。顶多入座的时候看一下凳子上有没有胶水,课桌里有没有毛毛虫。

我怕的不是他们,而是华老师。

工作快半年了,我和同学们相处越来越融洽。最开心的就是他们非常欣赏我上课的方式。45分钟,30分钟内讲完课,15分钟自己做作业。次次如此，良性循环。学生情绪好，接受东西特别快，这是我的心得。期中考试成绩揭晓，学校领导对我的工作成效给予了相当大的肯定，我不禁有点得意。

但是雨却是我的心病，连那个黎晓风的数学成绩都比她的要好。我知道她是在逃避，上课的时候我经常看到她在望天上的云、窗外的树和飘扬的雨丝。

有几次我故意趁她走神的时候向她提问，故意让她出丑，希望借此让她专心点。

她经常傻傻地愣在那里，一副无力抗拒任我宰割的可怜样。

我也有不忍也有心疼，但是人生不全是诗情画意。

"晓雨，你如果现在逃避数学，你将会逃避掉更精彩的未来，你懂吗？"

"华老师，我懂，可是我有时候就是管不住自己啊！"

"那这样好不好，你们女生不都说老师帅吗？那你就当欣赏偶像好了，上课的时候看着老师不要看外面好吗？"

雨惊奇地看着我，眼睛里盛满了笑意。

"华老师，我知道你就是以前常到我家吃饭的大哥哥，对不对？"

"对呀，所以我知道晓雨只爱青菜、豆腐、清蒸鱼块、番茄炒蛋，其他的菜一律不吃，对不对？"

雨不好意思地笑了，两朵红云飞上了她的双颊。

这么美好的女孩，我没有理由让她输掉美好的将来。

这一招果然见效。她上课的时候比以前专心多了，一般的教科书上的习题她慢慢地都能独自完成。晚自习后由于她家是住在学校的，我还能在教研室里帮她补习一下，渐渐地她的成绩有了很大的提高。

我想她一定能体会到我的苦心，因为她是用功的。但当我把她和黎晓风编入同一兴趣小组时，她却不高兴了，小嘴撅得老高。呵呵，真是可爱！

风

下课了，好多人到教室后排拿自己的饮水壶，我看到雨也正朝这边走过来。

我一下子好紧张，因为我那些死党们在学校操场的草丛里搜罗了几粒老鼠屎，放到了雨的饮水壶里。

雨见到这个会判我死刑吗？我绝望地等待着。这个时候我没办法冲上去把水倒掉，再说我也不能背叛我们的F4。

我看到雨拿起水壶，我看到她呆了呆，我看到她小脸涨得通红，我看到她看了我一眼，我看到她放下水壶在死党们的哄笑声中转身跑出了教室。

我看到她上课了没来，课上完了还是没来……我想我完了，我的天使一定在哪个角落痛哭着。而我，还在这里假装男子汉大丈，

夫假装幸灾乐祸，假装得意。

下了课，我疯了似的找她，在学校的葡萄架下，我看到了她，不是一个人，还有华老师。他看起来比我还焦急，比我还心疼，正在一旁说着什么，劝解着什么。

我转身跑掉了。这个华老师，为什么老是和雨待在一起？

真是郁闷！

雨

人真的很奇怪，以前那么讨厌的数学，我现在竟然有些喜欢了，甚至会莫名地盼着数学课的到来。

"雨，年级里的女生都爱上数学课，因为华老师的原因哦！"涵如是说。

My God！ 难道我也是吗？喜欢他卷卷的头发？喜欢他温柔的眼神？喜欢他举手投足间的神韵？还是那颗诚挚善良的心？难道真的是因喜欢上华老师，喜欢上数学？

不会的，一定不是这样的。他是老师，怎么可以怎么可能怎么可行呢？我被自己吓住了。

当我在葡萄架下哭泣的时候，为什么他会出现？在他的轻言细语下，我的沮丧和不快一扫而光，他究竟有着多么神奇的魔力？

也许他读懂了我的心思，因为他说：

"我是老师,是你们的'创可贴',呵呵!"

哦,原来只是"你们"的,不是"你"的!我懂了,他对每个学生都是一样的,不是吗?年级里那么多蝴蝶一样的女生在他身边飞舞,不是吗?他看不到我体会不到我,不对吗?

"华老师,谢谢你,我去上课了。"我起身就走。

"呵呵,仍不解气的话,把有老鼠屎的水还给黎晓风好了。"

啊?我停住脚步回头向华老师望去,他正扬着眉得意地笑着。

糟糕!我又一次迷失在这样温和的笑容里了……

还有那个黎晓风是怎么回事呢?为什么送了几条活蹦乱跳的鱼在我家门口之后,又送几粒老鼠屎在我饮水壶里啊?

哦,我有点晕,从来不看球的雨现在居然来看我们教师队和学生队的篮球赛了。

呵呵,我想那个黎晓风一定更晕,学生们都在传他迷上了雨。那我呢?我也是吗?我不敢再想。

果然,那小子连着投中了好几球,我们的比分被远远地抛在了后面。

看球的女生开始尖叫了:"加油!流川枫!加油!道明寺!加油! F4!"我们老师都乐了,这些小女生乱七八糟地叫什么呢!

　　我的目光越过人群找寻着雨，天！她正在冲我笑，还做了一个"V"的手势。

　　我顿时热血沸腾，抢过黎晓风手上的球，左突右冲，灌篮成功！

　　全场顿时一片沸腾，哈哈，我的那些女"fans"们也开始叫了："华老师！加油！加油！华老师！"我再次接触到雨的眼神，她的眼里有惊喜有崇拜。我的心跳竟然如此剧烈……

　　终场结束时，还是学生队小胜。女生全部围在黎晓风身边，除了雨。

　　我看见江小涵举着饮水壶递给黎晓风，一脸的兴奋和狂热。

　　黎晓风也许是太渴了，举起水壶仰着脖子咕咚咕咚一下喝光了。

　　"江小涵，你这水是从哪里弄来的？"黎晓风突然对着江小涵大吼。

　　"是雨帮我装的啊，怎么了？"

　　黎晓风二话不说，一下对着雨冲了过去，"你给我喝了什么？"他暴跳如雷，雨看样子给吓坏了。

　　"不过是把你送我的东西还给你。"

　　"什么！雨，你给他喝了有老鼠屎的水？"

　　全场暴笑。晕，这个傻孩子！

　　"你利用我！陆晓雨，你明知道我——你还——好，我们之间到此为止——"江小涵气得呜呜地哭着跑开了。

　　F4一拥而上，看那情形想把雨捏成碎片。

黎晓风已经捏住了雨的胳膊，我看到雨痛得直吸气。

我快步上前用力推开了黎晓风，"一个大男人和小女生计较什么？还真的对小女生动粗啊？"

"那我对大男人动粗总可以了吧？"黎晓风吼着，用尽全身的力气挥舞着拳头，没等大家反应过来，他已经一拳砸在了我的眼睛上，紧接着又是一拳。

痛！钻心的痛！我感觉有热热的东西顺着脸颊流着。

雨不顾一切地扑了上来，用身体挡住我，哭叫着："是我惹的祸，别打华老师，打我，打我，打我——"

我拼命地推开她，拼命地叫着："躲开，躲开，躲开，让我跟他单挑，单挑，单挑……"却终于失去了意识。

我想我是完了。

在学校的操场上我竟然对华老师动粗，难道仅仅是因为他帮着雨护着雨吗？不是的，我心里很清楚，是因为他爱着雨。是的，爱着！因为他看雨的眼神和我看雨的是一样的，而我，一定是爱着的吧。

我现在有多感激华老师，要不是他，我那一拳头下去，她会有什么样的后果？

93

难道,我真的忍心对雨下得了手?

一切都是那么糟糕。

华老师还躺在医院里。

爸爸赔了数目不菲的医药费,他心痛的不是钱而是我打碎了他惟一的希望。

校风传统的学校正商量着如何处置我。

这些,我都可以不在乎。

可是我不能不在乎雨。

她和江小涵,两个形影不离的朋友绝交了。

她每天都带着哭红的眼睛来上课。

在一个数学兴趣小组的时候,她还会拿美丽的眼睛瞪我,而现在,她看都懒得看我一眼。天知道,我是为了她才会加入那该死的数学兴趣小组。

也许,我真的是个人渣吧!我就是她眼中的老鼠、蟑螂。

从来不写信的我,破天荒地给雨写了一封信:

94

雨:

　　我实在不该到这学校来的,因为这里是天堂,是天使居住的地方。我来自地狱你懂吗?我以前的学校就是个地狱,我们在学校过着没人管没人关怀的日子。还有我的家也是个地狱,妈妈在我6岁的时候跟随另一个男人远走天涯,爸爸有他的生意和情人。只有我，是没人要没人懂没人疼的多余的人，我很小的时候就学会了喝酒、抽烟、打架、聚众闹事，我过着的是暗无天日的炼狱生涯，看不到光明看不到希望，我曾经迷惘曾经恐惧……

你来自天堂，你是天使，至少在我眼中你是的。你有鲜花铺就的路，有父母无私的关爱。我有多向往天堂的生活你懂吗？也许这就是你吸引我的原因吧？你的光芒仿佛无处不在……但是地狱和天堂的距离有多远你知道吗？你能触摸得到吗？

自从碰到你之后，我说话越来越酸了，真的，以前的粗口我都不敢讲了。我为什么要跟你说这些，我真恨自己是个没用的男人。算了，我只是想跟你说声对不起，在我被赶出校门之前，希望求得你的谅解。

你眼中的老鼠和蟑螂

雨始终没有给我回信。我几乎绝望了，雨是我想在这学校待下去的惟一理由。如果在她的眼中我已经不存在了，我何必在乎什么珍惜什么。在等待着学校把我扫地出门之前，我更加放荡地抽烟、买醉。我想在喧嚣中麻醉自己，以忘掉那属于天堂的天使。

日子就这样一天天地混着……

恋上我就别想跑

雨

我已经是第 N 次走进省立医院的大门了。

也已经是第 N 次在华老师面前哭了。

我心里有太深的恐惧，万一华老师的眼睛瞎了怎么办？

我可以做他的眼睛，我愿意。但是我看到的世界就是他所想看到的世界吗？我能代替得了他精彩的人生吗？他有一次还跟我说想考研究生……

但是每次华老师都会说："晓雨不哭哦，我马上就会好起来啦。呵呵，到时还能站在讲台上做你们大家的偶像呢。"每次听到这里，我就破涕为笑。哦，上帝！他真是值得爱戴的人，不是吗？

"但是你要答应我，一定要认真学习数学哦。还有那个黎晓风，也应该吸取教训，从此善待人生才是。""你还提那个人渣，他马上要被学校开除了。"我气不打一处来，使劲叫道。

哼，虽然有一封莫名其妙的道歉信，我也不打算原谅他。

"晓雨，你不是写过一篇文章呼吁老鼠屎做味精、做醋、做酱油、做黄酒吗？不要改变你的初衷好吗？你对他是有影响力的，去影响他改变他。他如果改好了，他那几个死党也能改好，你知道吗？他们不是坏孩子，我亲眼看到过他们护着一群孩子过马路。虽然是很小的事，却折射出人性本善的光辉。""那要怎么办？学校已经决定开除他了。""去找你爸爸，让他出面为黎晓风说情。"我看着华老师，觉得有点惭愧，面对黎晓风的道歉信我是有感动有怜惜的，不是吗？而我却漠视自己的感觉。

华老师的眼是被纱布蒙着的，所以我可以一遍又一遍地看他，不必担心他能看透我的心里。

站起来转身的一刹那，我发觉自己不想离去……

我深信，听华老师的，一定没错。

黎晓风：

首先跟你道歉。我不知道你有这么痛楚的内心世界，我只是一味地排斥你，从来没想过你为什么会这样。我还害你喝那么脏的水，对不起。

充满光辉的天堂其实就藏在每个人的心里，当你被生活感动，对命运感恩时，天堂就来了。你看你不是碰到了我吗？如果你觉得是一种幸运一种幸福，那么试着乐观起来，试着善待自己善待人生。你问我天堂和地狱的距离有多远，我想告诉你，对于一个向往天堂并付诸努力的人，距离为零。对于那些甘愿在地狱沉沦的人来说，距离遥不可及。

其实你是个很优秀的人，又帅又有型，篮球打得也很棒，数学成绩比我的还好，又讲义气，所以千万别轻视自己。晓雨欣赏你，所以会请求爸爸出面帮你说情，留在学校吧，请你从头再来！

答应我，一定试一试好吗？

愿意跟你做朋友的雨

　　我觉得自己也许是意乱情迷了，怎么会被一个学生看出来我对雨的情意呢？要不然他怎么会对自己的老师挥拳头，呵呵，一定是把我当做情敌了。唉，怎么为人师表的，真是惭愧啊！

　　在医院的日子，我总是盼望雨的到来，盼望她关切地问："华老师，你今天感觉好些了吗？""华老师，妈妈炖的鸡汤，你趁热喝一点好吗？"更多的时候，她会给我读报纸、念散文。哦，如果我有一个月光宝盒，我情愿让这样的时光就此停顿，永不消逝……

　　但我什么也不能做，什么也不能表达。我不是黎晓风，他可以向全世界宣布他爱雨，我不能，因为我是华老师。

　　寒假来临了。终于有一天，我看到黎晓风和雨边说笑着边走了进来。

　　"华老师，对不起，我是黎晓风。"

　　"呵呵，晓风啊，不碍事的，医生说过几天就能出院了。"

　　然后我就听见晓风问雨："天使，我能做点什么？"

　　"别耍贫嘴。"雨大概害羞了，小声责备着。

　　"黎晓风，你去打点水来。""黎晓风，你去叫医生，点滴没了。"

"黎晓风，你到外面去买'温柔小卷'。""黎晓风，你到我家去拿汤。"
"黎晓风……"听到他快乐地跑前跑后，我知道他一定给雨驯服了。
心里有点酸，但我还是笑了。这样温婉善良的雨，才是我心中的雨。
这样的结局，难道不是我一手安排的吗？

她竟然留意到我喜欢吃一种叫"温柔小卷"的鸡蛋卷，她对我
是细心的、用心的，不是吗？

我甩甩头，想甩掉那不该有的杂念。同事们铆足了劲准备考
研，我想我也应该有所准备有所行动了。如果我先考上，就让雨报
考我读研的大学。

呵呵，她会愿意吗？

在我收到雨的回信之后，我的生活彻底改变了。

原来幸福就是这么简单，真的，就像我读过的一篇文章一样，
《原来幸福也可以零距离》。

对我而言，雨的微笑就是我的幸福。

她会在看到一本好书的时候微笑，会在下了晚自习的时候看
到皎洁的月色和灿烂的星空微笑，会在植树节的时候我帮她扛树
苗的时候对着我微笑……

呵呵，真是应了一句诗啊："沉醉，沉醉，沉醉不知归路。"雨经

常笑我："狗嘴里吐不出象牙。"我想这不是象牙是什么，我沉醉在雨的世界里了，"无法尽兴，无法回舟"。

我找尽一切机会与雨靠近，而雨总是那么耐心那么细致，我的成绩明显好起来，期中考试我竟然排在了全班第10名。看到雨赞许的眼神，我的心里美滋滋的，我终于尝到了甜头，我终于看到了梦中的天使对我露出了甜美的笑容。

我几乎忘了妈妈的背弃和爸爸的情人。

但也仅此而已，我不敢有太多的奢求，因为雨在我心里实在是太美好了。更要命的是她看华老师的时候眼睛会发光，而华老师也一样。促使他们在医院"亲密接触"的刽子手就是我啊，我真是世界上最傻最傻的傻瓜。

感受着他们的"两情相悦"，我在矛盾的心里左冲右突，试图杀开一条血路，结果我越陷越深。

我无法控制地继续围着她打转，甚至会滥用体育委员的权力为她怎么努力也无法及格的体育项目作弊。

我承认自己很没出息，她如果让我去死我马上就去死，绝不耽误一秒钟。

雨

我终于明白为什么有歌这样唱：为何一转眼/时光飞逝如电；我

也终于明白为什么席慕容会有这样的感慨：为什么/走得最急的/都是最美的时光。在来去如飞的日子里，我渐渐变得恐惧，渐渐害怕面对离别，因为距华老师研究生入学考试的时间越来越近了。

一年一度的春天，一年一度的雨季。

我喜欢在窗前听雨，这个时候黎晓风总是会递上一本书说，晓雨你要的书我给你淘到了。我也喜欢在雨中漫步，总是能看到他带着F4们在雨中追逐打闹。

我清楚他做的一切，而我装作视而不见。我只想与他分享友情的真挚与温暖。

涵却陷入了前所未有的痛苦和迷茫里，因为她是爱着黎晓风的。

而我也是痛苦的，也是迷茫的。每次面对华老师的时候，纵然心海波涛汹涌，表面却是矜持的、平静的。所以他看不透我的心思正如我读不懂他的眼神。

他看起来对每个人都是一样的。对每个女生都是那么细心细致，逢问必答。他给我开小灶的次数越来越少，我再也无法找回从前的轻松和谐。

但我对数学却更专心用功了，因为我怕听到人们议论晓雨为了什么什么数学又退步了。为了显示我的骄傲，为了摆明我的"不在乎"，我和黎晓风的接触无形中多了起来。

有一首歌唱道：相爱总是简单，相处太难。17岁的雨啊，也许并不懂爱也不知道如何去经营那份少女初开的情怀。

看到雨的受伤与冷漠,看到她不再对我展示甜美的微笑,看到她与黎晓风的亲密,我的痛沉淀在心间,无法表达。

乍听到同事开玩笑,我吃惊不小:你小子魅力不小啊,把陆教授家的千金哄好了,人又美家世又好,你可要把握机会啊!

在他们善意的笑声中,我的心却沉重起来:是雨泄露了她的心事,还是我哪些行为出格?总之不管怎样,我必须停止一切对她的与众不同。雨那么美好那么纯真,怎能让她背负"师生恋"的恶名?况且她家风极严,陆伯伯知道了会是什么样的后果?如果有好事者广为传播,她在学校如何抬头做人?

那么,让我隐藏起自己珍贵的情感吧!如果爱她就必须对她负责,我觉得这才是爱的真谛。我比她大那么多,我必须为她更美好更长久的未来打算。让我欣慰不已的是,她的数学成绩并没有退步。

日子就在黑夜与白天之间交替着。我除了教好学生,还全力以赴地准备着即将到来的研究生入学考试。

我在心里默默地说,雨,原谅我,原谅这世俗的社会。我会给你更幸福更精彩的人生。你要耐心等待,也要持续努力。

转眼间暑假来临了。

在这闷热异常的假期里，我做梦都想见到清凉美丽的雨。虽然家离学校不算太远，我却不敢上她家找她，嘿嘿，说实话我挺怕她老爸的，那个古板又好心的陆教授。

唉，我真是天下第一大笨蛋，明知道培育的是一棵不会开花结果的树，却任由它在心中扎根、生长，直至郁郁葱葱。

终于有一天，江小涵给我打来电话。我厚着脸皮向她要雨的电话，她生气地说没有，然后啪的一声挂断了电话。

没想到了晚上，江小涵给我的QQ发来了讯息：雨现在在线，她的QQ是19840310。我一下子欣喜若狂，对着江小涵千恩万谢：小涵你实在太可爱了。

她回了一个尴尬的表情，还有一行小得不能再小的字：雨是我的好姐妹，她的幸福就是我的幸福。所以，你要加油！不准欺负她，不准让她哭鼻子。记住一定要让她幸福，才不枉费我的退出。

我突然间好感动，这个江小涵实在是太够哥们儿了！这么好的女孩一定能得到属于她自己的幸福。

没想到很容易就加上了雨的QQ。

"雨，我是晓风，你在'天堂'还好吗？"

"不啊，难过啊，'天堂'失火了。"

"你知道我笨啊，你讲明白些，别让人着急。"

"爸爸天天逼着我在题海里游泳，我都快累死了。你快来救命啊！"

"那你出来透一下新鲜空气，我知道郊外有一座小山，山上的风景很美。不过只有一条小路可走哦，有勇气吗？"

"当然有。你说个时间，我来跟爸爸预约一下。"

"就这个星期天。"

"星期天？报纸上说这个星期天夜里有流星雨呢，山顶上能看得到吗？"

"傻瓜，看流星雨是要用天文望远镜的。"

"啊？那太让人失望了。"

"不会，我家有一台，到时把它带上不就行了。"

"别骗人哦，骗人是要长长长鼻子的哦！"

我摸了一下自己的鼻子，继续往下敲着键盘，"不骗人。我把F4叫上，你负责叫江小涵她们，星期天早上8点校门口集合。"

"遵命！"

遵命？哈哈，她竟然对我说遵命？从来都是我说的。嘿嘿，不晕都不行啊！

关上QQ，我以最快的速度冲出家门，叫了一辆的士满大街寻找天文望远镜。

天上的星星一定看得到，有个痴痴的男孩为了心爱的人在深夜的街头满世界寻找不让他长长长鼻子的望远镜。

雨

早上我早早地就醒了，因为我梦里都是那拖着尾巴发着光在蓝色天幕上飞舞的流星雨。

我找了一件蓝色的 T 恤衫，一条纯白色的休闲裤，足蹬一双白色登山鞋。站在镜子前，我打量着自己，好像真的瘦了。难道是"为伊消得人憔悴"吗？

我跑出门，妈妈追了出来，"小雨，太阳太大，给，戴顶帽子。你看你水果、饮料、点心都忘拿了。记得晚上早点回来，否则你爸爸那儿我不负责。"

我看着亲爱的妈妈，看着她慈爱美丽的笑颜，忍不住在她脸上亲了一下。

我跑到校门口，看到黎晓风正倚在脚踏车上吹口哨。他那个脚踏车竟然是街上流行的两个人骑的情侣车，整体是天蓝色的，真的很漂亮。他穿着白色的运动休闲装，给人青春阳光的感觉。

"望远镜给我看一下。"我说着伸手去拿，忽然留意到完整的新标签还没撕。

"你家的望远镜还没用过啊？"

"啊？用过的用过的。"黎晓风摸着自己的鼻子，又赶紧把标签

撕了。

我忽然明白了一切,在他灿烂的微笑前,忽然有种想哭的感觉。

人员陆续到齐了。我们一路说着笑着哼着歌儿,就像一群放飞的小鸟一样。

出了城,空气越来越新鲜,风景越来越美。

我不禁闭上双眼对着天空深深吸了一口气。多么美好多么让人陶醉的夏日清晨!

忘了在哪里看到过一句这样的话:幸福得像一头老鼠一样。

当时纳闷了半天,怎么会有人幸福得像老鼠一样。嘿嘿,我想我现在就是的,幸福得像一头老鼠一样。

曾几何时,雨只是一个梦境,而现在雨是如此真实地存在着。她就在我的前面,和我蹬着同一辆车。她白色太阳帽的飘带和飞扬的长发时不时拂在我的面颊上。我几乎要醉了。

“你们俩是最美的一对风景!”调皮的江小涵冲着我扮鬼脸。

“涵,什么叫‘一对风景’,你想把我们的语文老师气死吗?”雨对着江小涵说。

“哈哈,我想气死的不是语文老师,是数学老师吧?”磊打趣道。

我看到雨的脸色顿时变了,连忙喝斥磊:“你这小子再贫嘴,当心我把你剁成肉酱。"

"哈哈，老大言重了吧！再不说就是了。"磊看了雨一眼，加快了蹬车的速度。

雨回头看了我一眼，似乎欲言又止。

我看着雨，看着她红彤彤的小脸，看着她扑闪的长睫毛，再一次醉了。哦，天，我们是"一对风景"吗？哈哈，这个江小涵，真是语言的天才！

如果说这是假象，就让我在这样甜蜜的假象里埋葬吧。

不知不觉到了山脚下，大家一窝蜂地朝山上冲。身体单薄的雨很快就落在了最后，我连蹦带跳地往下跑，转眼到了雨面前。

"来，我拉你一把。"雨看着我，脸又红了。

"不合作啊，你看看人家都到了半山腰了。"她终于伸出手，手里却拿着太阳帽，意思是一人拉一头。

晕啊！这样玲珑剔透的女孩是黎晓风的致命武器啊！

于是，我们就这样，我拉着帽子的这一头，她拉着帽子的另一头，我终于把娇喘吁吁的她带上了山顶。

看着她像个孩子一样在山顶上欢呼，我再度感觉到生命的美好。

雨

当风把手伸向我的时候，我为什么不把手交给他？是少女的

羞涩使然吗？哦，手是应该让自己爱的人牵着的不是吗？《诗经》上不是说"执子之手，与子偕老"吗？

那一刻，我再次想到了华老师。在不可预知的人生里，彼此相爱的人真的能牵到彼此的双手幸福一生吗？

我听说，当流星落下的时候，赶紧闭上双眼许个愿，你许的愿望一定会实现。

那么，今晚我一定要许两个愿望。与我和华老师有关，与风和另一个未来女孩有关。

大家在山顶上又唱又跳又表演舞蹈，一直疯到下午6点多，看样子都累得不行了，于是磊提议我们到阴凉的树下睡一觉。大家拍手叫好，说这么好的主意亏你能想得出来。是啊，在这么美丽的风景里睡觉，真是好享受。

我们席地而眠，草丛软软的，舒服极了，我很快就进入了梦乡。梦里，我看到华老师站在天堂的门口向我微笑，我说华老师你等等我，我也要飞上来，可他不出声，只是笑。我突然长出了一对翅膀，向着天堂飞过去，眼看快要到的时候，突然一阵凉风吹过来，把我吹离了华老师，越来越远……

我哭着醒来，看到黎晓风坐在我的旁边。他的眼神，好温柔好温暖。在他的头顶，是一片灿烂的星空。

大家停止了喧哗，静静地坐着，静静地等待着流星雨。也许，每一个人都有一个美丽的愿望，不是吗？

"快来看！好美好美！"涵突然间尖叫起来。

大家一窝蜂地挤向望远镜，风一把把我拉了过去。

"雨排第一，其他人自动排队！"我已经顾不了许多，我趴在镜头前，从镜头里望去。

世界上竟然有这等美丽的雨！金色的！闪亮的！拖着长长尾巴的！速度那么快的！数量那么多的！我仿佛听到它们唱着歌，从蓝色的天幕上下坠，下坠，下坠……

"流星稍纵即逝啊，晓雨你别贪心，给我们看给我们看一下啊！"不知是谁在叫着，我感觉到自己被人推开了。

"赶紧许愿啊，你们这群傻瓜！"晓风突然间叫起来。

整个世界突然间安静了。大家都闭上了眼睛，屏住了呼吸。

"我想起来了，双手不放在口袋里是不灵验的！"涵突然间又尖叫起来。

大家都愣住了，因为谁都没穿带口袋的衣服。

"风的衣服有口袋！"磊像发现了新大陆。

大家一窝蜂地向风拥过去，我不由自主地被卷到了他的面前，感觉被人紧紧地抱住了，不能透气无法呼吸。我根本找不到他的口袋在哪里，因为好多双手都在找他的口袋。

"你们别挤了，别挤了，快到山坡边了，危险！我要倒了——"晓风的话未说完，大家轰然倒地，集体滚下了山坡……

当我眼冒金星地站起来，四周传来了痛苦的呻吟声。雨呢？雨呢？我一下子慌了。

"雨，你怎么了？你醒醒！"左边传来了涵的哭喊声。

我疯了一样扑过去，隐约看到她脸上的血迹，一下子魂飞魄散。"雨，告诉我你没事，快告诉我你没事！"

"我没事，没事。"雨的声音很微弱，"但我的腿好痛，晓风，我的腿真的好痛！"她的泪滴在了我的手心，"我想我的腿是不是断了？"

"不许胡说，不要胡说。有我，有我，你的腿断了还有我的腿，我不会丢下你不管的。"

我抱起她，跌跌撞撞地向山下跑去。大家狼狈不堪地来到山下，还好，除了雨，其他人受的都是轻伤。

一辆路过的大货车把我们送到了南方医院。我们在医院发出的惊天动地的声音惊动了医院，惊动了雨的家人，还惊动了华老师。是的，华老师，我看到他惊慌失措地跑了进来。

我想此刻我是多余的人了，我准备走，雨却拉住了我的衣袖：

"晓风，对不起，今晚我们全部都看到流星雨了，只有你没看到。对不起。"

流星雨？亲爱的，你就是我生命里最美的星星，最美的雨。

华老师就站在旁边，但是雨却看都不看他一眼："风，你别走，

等下我有话跟你说。"

我只有乖乖地站着。

事实证明，她根本没话跟我说，她只是不想理华老师才故意这样说的。

华老师再也没到医院来过。只有我，每天天一亮就往医院跑。

我们许的愿能否实现根本没人关心了，万幸的是雨的腿在开学之前好了。

当我在学校宿舍备战的时候，听到陆伯伯家传出了陆伯母的哭声。

我跑下来，迎面碰上了陆伯伯："小华，你赶紧叫个车，我们家小雨从山上摔下来了。"我的头轰的一下乱了。在车上听陆伯伯说他们一大帮同学今天爬山去看晚上的流星雨，结果出事了。

雨别吓我，别吓我。我一路胡思乱想着，恨不得有一双翅膀飞到她身边，看看她到底伤到哪里痛在哪里。

结果我到了医院，她却看都不看我一眼，她是和黎晓风相约去看流星雨的，不是吗？她还说："风，你别走，等下我有话跟你说。"她竟然叫他风，多亲密，多亲昵。

那么我走好了，也许雨真的和风是一对的。我悄悄地退出病房,转身疯跑起来,我跑到一个小店买了一瓶二锅头,然后跑到护城河边的河堤上喝开了。

什么大男人?见鬼去吧。碰到爱情这个东西大男人什么都不是。

我和雨就这样莫名其妙地躲避着彼此,误会着彼此。

我只有向着研究生全力冲刺,以此摆脱对雨的想念。大概那句"化悲痛为力量"就是这样得来的吧。总之我收到了那所名牌大学的录取通知书。

雨:

　　第一次这样亲昵地叫你,当着你的面。自从我第一次在班上看到你,就中毒了。不对,是在你上小学的时候,这毒就已经种下了。

　　你是下毒的人,你肯定很清楚这一点不是吗?你看着我在痛苦中挣扎却无动于衷,我跑到医院胆都吓破了你却不肯看我一眼。

　　如果说你和他是一对的,你什么时候给我解药?

　　雨,请你让我继续中毒吧!不要给我解药好吗?让我一辈子不敢轻举妄动,一辈子只敢听从你追随你,好吗?

　　如果你对我是有感觉的,报考我所在的大学,我会等你。

另:只剩寥寥的时间让你努力了,让我们约定,在你考上大学之前我们不再联系，为了我们期待的明天，请好好努力，好好把握今天。

不知所措的华

当火车徐徐开动的一刹那，他终于从口袋里掏出一封皱巴巴的信给我。同学们都在哭着跑着和他说珍重再见，只有我愣在原地，眼巴巴地看着火车轰鸣而去……

看完信我哭了，这个世界上为什么有那么多的傻瓜，明明是爱着的明明是在意的，偏偏自欺欺人地不敢承认，就像一篇文章里说的：爱一个人是多么美好的事，为什么我却失去了表白的勇气。

华，我不会给你解药的，因为我知道你也不会给我解药。我会听话，考上大学之前不再去想不该想的事情，从今天起，从现在起，为了理想的明天而倾尽全力。

形式是不重要的，不是吗？因为我们有心灵之约。

最近几天我发现黎晓风似乎有什么心事，好几次欲言又止的样子。

"黎晓风你有什么心事吗？"这一天我看到他又在学校的葡萄架下发呆。

"雨，我妈妈在巴黎。"

"怎么说？"

"她打电话和我爸商量，为了我的未来，让我去巴黎读大学。先进那边的语言预科班，语言过关了再考大学。"

"这是好事，你应该高兴。"我心里分明有点不舍，还是微笑着向他道喜。

"雨，你知道我的取与舍，不是吗？"风终于鼓足勇气。

"那么，风，请你舍我取巴黎。"是时候了，这是个好机会。

"给我一个理由，越充分越好。"

"华与我有约定，让我报考他所在的学校，他会在学校等我。这个理由够充分吗？"

"够了！不要再说了。我会乘后天的航班转道香港飞往巴黎。"

雨：

多少次午夜梦回，低声呼唤着你的名字。每次想起你，排不开赶不走的依然是温柔、痛楚的感觉。

巴黎的春天来得早，虽然只是二月初，树枝已见绽放的新芽。漫步在巴黎的街头，空气中流淌着玫瑰的芬芳，看着一对对依偎的情侣，恍然感觉到情人节快要到来了。

雨，温柔、善良、脆弱的雨，认识你五年五个月零九天了……

我是在事发两个星期之后才知道华老师出事了，6月22日，高考前夕，你生日后的第一天，在去新华书店的路上他遭遇了车祸。听说他的葬礼所有的人都到场惟独你缺席，还听说考数学那一场你在考场上哭成了泪人……他竟然失信于你！如果可能，我真的还想再揍他一顿，是他，这个罪魁祸首，夺去了雨的心又夺去了雨的幸福。

两年来，你把自己封闭得死死的，不再与从前的相关事物接触。包括我，不接我的电话，不回我的 mail。雨，你知道吗？你在痛着的同时，我也在痛着。我现在后悔得肠子都青了，为什么不提醒你们穿有口袋的衣服，在看流星雨的那天晚上？我相信我们的愿望都落空了，至少我的愿望没有实现，上天夺去了你的幸福，顺便也夺去了我的。

但是妈妈说，傻孩子，人要向前看，流星雨去了还会有下次的流星雨，这次忘了穿有口袋的衣服下次一定要记得。

所以雨，等着我回来，等我再带你去看流星雨。我会帮你买一件有 99 个口袋的衣服，让你许 99 个愿望。答应我，不要放弃不许放弃。

如果还有一次机会，我会向流星许个心愿，让它知道我爱你……

顾天蓝

开到荼蘼花事了

夏晚生一直记得那个叫做夏小晚的女孩。对夏晚生来说，夏小晚就是一朵在夏天夜晚盛开的花，轻盈摇曳，暗香浮动，始终留存在他心里某个角落。

1 我们的名字竟然这样相似

夏小晚是在高三第一学年转到夏晚生所在的班级的。三(二)班是清泉高中最差的一个班级,举凡纪律、卫生、成绩,全部是年级倒数第一,只除了体育。三(二)班专门出运动健将,几乎囊括校运会各种比赛的第一名,有的学生还在市里拿过名次。夏晚生就是其中之一。

夏小晚刚转到这个班就引起轩然大波,戴着眼镜的秃头班主任向学生们介绍她的时候,下面传来一片叫嚣:她的名字怎么和夏晚生的那么像!

一个冷冷的声音从最后一排响起,她长得那么丑,又黑,哪里和我像?夏晚生一手支着下巴,目光从窗外的操场收回。他漂亮的黑色眼睛里透着戏侃的神色。

那,不如就叫她黑丑丑吧,免得冲了老大的运气。一个正处在变声期的嘶哑男声叫了出来,全班同学一阵附和。

夏小晚紧抿着嘴唇看夏晚生,仿佛要把他看透、看裂,夏晚生被这样的目光看得浑身不自在,拎起搭在椅背上的毛衣,叫了一声,去打球了!大部分男生跟随在他后面鱼贯而出,根本没人理会班主任气极地叫嚷。夏小晚站在讲台上,盯着夏晚生的背影,直到再也看不见。

从此以后,没有人叫夏小晚为夏小晚,他们叫她,黑丑丑。

② 黑丑丑，黑丑丑

黑丑丑，替我把这笔记抄完。夏晚生懒洋洋的声音从后面传来。

也不知道老师是怎么想的，竟然把夏小晚的座位安排在夏晚生的前面。虽然那个秃头老师解释为：全班只有夏晚生前面有空座位，你就委屈一下。但是夏小晚心里明白，班里面就数她的成绩好，老师是想让自己给夏晚生做个榜样，只要他肯学习，其他同学就不成问题了。毕竟，夏晚生是那群男生的老大。

夏小晚不为所动。

喂，我在跟你说话，你是不是聋了？为什么不回答我？

夏小晚腾地一下站起来，不顾老师正在讲课。难道你是瞎子，看不到黑板？

夏晚生无论如何也想不到，夏小晚会有这样的反应，他眯起眼，耸了耸肩膀，我近视。

哦，那是你家人不给你配眼镜，与我无关。说完，夏小晚坐回座位，只是许久不见老师讲课。那年轻的老师被这一幕惊得忘记讲课了，要知道，夏晚生可是这学校最难管教的学生，而他竟然没有对责骂他的夏小晚生气。

老师，请讲课。夏小晚大声说。

夏小晚因这次与夏晚生的对峙而声名鹊起——许多人崇拜她，

是一些平时受夏晚生欺侮却不敢言语的老实男生；当然也有一部分人讨厌她，那些私底下爱慕着夏晚生的女生敢爱不敢说，只有视夏小晚为敌人，以发泄无法接近夏晚生的挫败感。

3. 我的暧昧也许是因为喜欢你

只有夏晚生的反应最出乎夏小晚的意料。他没有与她作对，也没有不理她。虽然喊她"黑丑丑"的次数越来越少，但夏小晚经常感觉到从背后传来的目光——仿佛夏晚生在凝视着自己。每次夏小晚回过头去，夏晚生就快速把头转到窗户的方向，再慢慢地转过来，微笑着看她，看我做什么，黑丑丑？那声音是温暖的，让夏小晚总有微弱的错觉，他喊的是夏小晚，而不是难听的黑丑丑。

夏晚生对夏小晚的态度一直暧昧不明，这让夏晚生手底下的一干男生气愤不已。黑丑丑摆明了是与老大作对，怎么老大就没个声音，什么时候变得这么窝囊了？连个女生都斗不过！几个人凑在一起商量，决定给黑丑丑一个下马威。

彼时，夏小晚正抱着一本英文书坐在图书馆角落里，英文是她最喜欢也是最擅长的科目。夏小晚，有人找。图书管理员忽然喊。夏小晚边纳闷是谁，边加快脚步向外面走。外面并没有人。正在夏小晚东张西望的时候，忽然有人从背后捂住了她的嘴，还没来得及叫出声，就被几个人拖到学校东南角的小树林里。

　　夏小晚的眼睛被一块黑布蒙上，她惊恐地挣扎着，手脚乱挥，其中一个人恰好被她打着了脸，哎哟一声叫出来。夏小晚猛地一震，这声音太熟悉，分明就是那时第一个喊自己黑丑丑的嘶哑男声。知道了是谁，夏小晚反而安静下来，最后，那几个人把她扔到了树林的地上。

　　夏小晚狠狠地说，我知道你们是谁，是不是夏晚生指使的？

　　几个男生一惊，没想到夏小晚竟猜出他们的身份，顿时慌了手脚，毕竟还只是个学生，这样做也只是吓吓她而已，现在被认出来不免做贼心虚。他们互相使了个眼色，把夏小晚扔在小树林，急匆匆地跑了。

4　我没有伤害你，所以我不说对不起

　　下午上课时，夏小晚看到夏晚生悠闲地坐在位置上喝一罐东西，待走近了，竟然闻到啤酒的味道。夏小晚皱了皱眉，想起中午发生的事，更认定夏晚生十恶不赦，无药可救。

　　偏偏夏晚生嬉皮笑脸地凑了上来，黑丑丑，虽然你黑了点，丑了点，学习还是不错嘛。我刚刚路过老师办公室，你的成绩是全年级第一。看来你也不是一无是处的。

　　夏小晚努力握住自己颤抖的手，攥成拳头，夏晚生，像你这么卑鄙无耻的人，不配和我讲话。

我怎么卑鄙无耻了？夏晚生皱起了眉头。

谁自己做了什么心里清楚。欺侮一个女生是很了不起的行为么？不要脸！夏小晚声音大得全班都听得到。

我什么也没做。夏晚生狠狠地说。蓦地，想起什么似的看着平时围前围后的男生，见他们心虚地低下头去，夏晚生就觉得自己的喉咙像被什么哽住，他沉着声音说，就是做了又怎么样？你这个又黑又丑的黑丑丑，快点滚出我的视线，不然下次要你好看！

夏小晚全身抖成筛糠状，扑通一声，昏了过去。学生们霎时乱成一团。

⑤○ ⌜我想给你幸福，可是，幸福到底是什么，我真的不知道⌟

医生说，夏小晚是贫血，身体太虚弱，受了刺激才会昏倒。

几个同学刚来看过她，放下一些水果就匆匆地走了。夏小晚一个人躺在病床上，白得刺眼的病房衬得她越发黑了，并且瘦。

天快黑的时候，有人来看夏小晚。是个憔悴的中年妇女，和夏小晚很像，应该是她的母亲。夏晚生想。从她住院起，夏晚生就一直偷偷地守在外面，他不知道自己是内疚还是别的什么原因，总之不想看到夏小晚孤单瘦弱地陷在病床上。但夏晚生不明白为什么她的家人都不来看望她，是忘记通知吗，还是住得太远？

妈，我想出院。住院费太贵了，他会出么？

你放心好了，小晚，妈还有点钱。

还是出院吧，我只是贫血，多吃点肉就好了。

那好，你等着，我去办手续。她说着出了病房。

夏晚生挡在她面前，为什么不让夏小晚住院？你难道没看出来她很虚弱么？不要告诉我你不是她妈妈，我刚刚听到你们讲话了。我是她的男朋友，我有权知道。

夏晚生不知道自己为什么要说是夏小晚的男朋友。但少年的眼睛在那一刻出奇地亮，神情出奇地坚定。

也许是被这坚定与明亮所震撼，夏小晚的妈妈虚弱地笑，她的继父，很讨厌她，我没有能力保护她。我、我对不起她。

夏小晚的妈妈扔下这几句话之后看着夏晚生，满怀希冀地说，你会给她幸福的，是么？我已经没有这个能力了，但是你有，你还那么年轻。

夏晚生从来没有想过夏小晚的身后有着这样一段故事。他无法回答她，他不知道自己是否能给她幸福。他连幸福是什么还不知道。夏小晚，这是一个多么哀伤的名字；夏天，这是一个多么哀伤的季节。

夏晚生离开了医院在街道上乱晃，看到一间酒吧就冲了过去。站在门口的服务生拦住他，说未满十八岁不许进入，让他拿身份证出来看看。夏晚生一拳挥向其中一个服务生的脸。

6 夏天已经过去,再见,夏小晚,只有我离开才能让你幸福

夏小晚回学校之后过了一段十分清净的日子——夏晚生因故意伤害被送进了工读学校。半年后,夏小晚考入了一所师范大学的外语系,并获得了全额奖学金。

进大学的第一天,想着终于可以摆脱继父的冷眼,夏小晚高兴地哭了。大二的时候,夏小晚有了男朋友,是一个叫张奇的男生,眼睛很亮,笑起来有洁白的牙齿。张奇是难得的好男生了,性格温和,努力上进。

再次见到夏晚生,已经是大学毕业之后的事了。彼时,夏小晚与张奇正在筹备婚礼。有许多旧日的同学来访祝贺,夏小晚有些应接不暇。

那天夏小晚整理了一上午房间,累得腰酸背痛,正想着打电话给张奇诉诉苦,门铃却响了。门外站着一个穿白色衬衫的年轻男人。只一眼,夏小晚就认出来了。是夏晚生,多年未见的夏晚生,已经从少年长成大人的夏晚生。

进来坐吧。夏小晚轻声说。

不了,只是来送份礼。夏晚生把一个包装很精美的盒子递给夏小晚就走了。夏小晚想出声叫住他,却不知道该说些什么。

系列丛书

7 你是我心底惟一的花朵，开在夏天里，开在忧伤里

夏小晚小心地拆开那盒子，是一瓶 CD 的新款香水，很淡雅的香味。从香水瓶子的下面，夏小晚还发现一封信，信封很旧了，上面的收信人名字是自己，却不见邮戳。

124

小晚：

......

昨天我答应你妈妈给你幸福，别惊讶，我只不过撒了一个谎，说自己是你的男朋友，她才会说出托付的话。

可是，你能告诉我什么是幸福吗？我不知道。

也许，我远离你才是幸福。

2003 年 2 月 19 日

夏晚生

夏小晚把那封信放在心口，很久很久才哭出声来。

有一些事夏晚生并不知道：那天在医院，夏小晚听到了妈妈和夏晚生的谈话，她只是被震撼得无法发出声音；她喜欢张奇是因为他的眼睛，清澈明亮，就像那个夏天的夏晚生。

夏晚生从夏小晚的家里出来，沿着长长的街道漫无目的地走下去，猛地一抬头，竟看到多年以前的小酒吧。他就是在这里打了人，才进了工读学校。但有谁知道，夏晚生是故意的呢？他固执地认定只有自己的离开，才能带给夏小晚真正的幸福——就像现在，宁静、安稳。

夏晚生忽然觉得夏小晚是一朵在夏天夜晚盛开的花，开放的时候自己正走在另一条路上，于是就这样错过了花期。

恋上我**就**别想跑

步星云

火柴天堂里没有传奇

都说传奇里面师徒关系太过现实，无非就是一个给钱给装备，另一个拼命练级提升对方声望。可小火柴，却显然要单纯得多。

1 那个暑假的相见恨晚

2004 年的暑假，是我最为得意的时候。我以全市第一的成绩通过中考，考入了市重点中学的重点班。年少轻狂的我，有些放肆起来。我丢下了课本，开始迷恋上了网络游戏。

我玩的是"传奇"，一个已经相对成熟的游戏。整整一个暑假，我都陷在昏天黑地的冲级、厮杀中。在这个虚拟的世界里，只有提高等级，配上得体的装备，并且练就出一流的 PK 技术，才会有立足之地，才会受人尊重。

我进步很快。一个暑假的时间，就冲到了 35 级。我是男法师，35 级，刚好够拿漂亮的骨玉。

我成立了自己的行会，但没有立即收人，我的想法是，等到时机成熟时再招兵买马，而后立即进攻沙巴克，成为新一代城主。这就叫不鸣则已，一鸣惊人！

然而一开学，我的幸福生活就从天上跌到了地下——入学的第一次摸底考试，我就降到了全班第 36 名。一家人的脸色也被那一纸成绩单弄得阴雨霏霏。实在想不到，只两个月的游戏生涯，就让我的学业荒废到这般地步。要知道那是重点班，同学们都不是等闲之辈，而我，自然是不进则退。

我想戒掉游戏，然而它的魔力太大，我根本无法克制自己。

每每放学回家，我就迫不及待地冲向电脑，打开游戏网页，熟

恋上我 **就** 别 想跑

练地输入我的 ID,而后,如鱼得水地游弋其间。

那天,妈妈替我整理房间时,看到我在玩游戏,就在我身后站了很久。我有些不安,可是故意装作无所谓的样子。

妈妈轻轻地说:"东东,游戏……还是少玩些吧,不要耽误了功课。"

128

我头皮有些发麻,可是我仍然不愿意放手,于是敷衍道:"知道了。"

妈妈没再多说,只叹了口气,出了房门。

没有人再来说我,我却突然之间烦躁起来,如芒在背,浑身不自在,只感觉自己待在了一个非常不自由的空间里。

我想,在家里是没法玩了,另想他法吧。

于是第二天的时候,张哲哲来到我家,对我妈妈说:"阿姨,我们几个同学约好了,以后放学在一起复习功课,这样可以相互约束监督。"

2. 有根火柴在卖女孩

很庆幸我有那样一个开明而信任我的妈妈。妈妈是自由职业者,在家里上班,她的工作轻松而优雅:给杂志和出版社画一些插图。我想妈妈对我一向都很了解,可能与她这种时尚而年轻化的职业有关吧。

躲过了家人的视线，我开始每天转战于学校门口的网吧，甚至开始逃课了。

我每天数小时赖在传奇里不愿下线，吃饭也只打个电话叫份肯德基外卖了事。

其实，玩得久了也有厌倦的时候，但即使厌倦，也不愿意下线，哪怕只是待在安全区看看热闹，也觉得心里踏实。

那天我一如既往地站在安全区，看那些叫卖广告。无非是买卖或者交换一些装备的广告。突然，一行特别的字跳入眼帘：

"火柴天堂：出售传奇最可爱的女孩一名，愿意收徒的密！"

很有意思，一则拜师启事居然被写得这样独特而生动。

于是我点了她的名字，问："女孩什么价？"

她回道："女孩无价，有缘者免费赠送。"

就这样，火柴天堂成了我的徒弟。

她说："我是你的徒弟，我应该入你的会啊，并且要有特殊的封号哦，就叫'卖火柴的小女孩'吧。"

于是，我收了她，成为本行会除我之外的第一名行会成员。可是我是掌门，是她高高在上的师父，怎么可以她想要什么封号就给她什么呢？那也太没面子了吧！

于是，开玩笑地，我把她的封号改成了"卖女孩的小火柴"。

她立即嚷嚷开了："我不要当人贩子！"

然而抗议无效。

从此我在传奇里开始了与小火柴的师徒生涯。

③ 与小火柴的师徒生涯

我是个急功近利的家伙,我急于配装备,急于提升等级,基本上没有带小火柴练过级。

小火柴并不介意,她说她并不在意所谓的等级。"玩嘛,"她说,"开心就可以了,我想我是不会为此花费太多精力的,那样太不值得了。"

有时候作为补偿,我会替她换上一些她用得着的小装备。可是她也不肯收,只说:"师父你自己配好装备吧,我还小,容易丢的。丢了就可惜了。"

突然之间感到难得。都说传奇里面师徒关系太过现实,无非就是一个给钱给装备,另一个拼命练级提升对方声望。可小火柴,却显然要单纯得多。

每每都是这样,我在外面打怪物、探险;小火柴则躲在相对安全的地方,一边打小怪物练级,一边和我聊天。当然,由于我去的地方过于危险,通常都是她说,我听。

她不停地对我说她玩传奇的态度。她说游戏应该是一种娱乐,是为人服务的,而我玩得太投入了,似乎有些本末倒置。我只是憨憨地笑,不置可否。其实,我又何尝不知呢?只不过,迷恋太深,身不由己。

两个星期,小火柴才练到 15 级。15 级的小法师,不过是只弱不禁风的小蚂蚁,武士们一刀就可以劈死她。

然而那天我与一个 40 级的武士——我的一个宿仇,在安全区 PK(play kill)时,小火柴挺身而出,跟在我后面和对方砍砍杀杀。结果只能当炮灰,死了 N 次。而我,也是屡战屡败。

那天我郁闷极了。其实我并不怕 PK,最可恶的是那小子嘴不干净,赢就赢了吧,还不停地骂人。我心里像吞了苍蝇似的窝囊。

我与小火柴远远地躲到了苍月的海边,我关上私聊,和她面对面站着,一句话也不说,只发呆。

很久,她突然问:"你很难过吗?"

"嗯,技不如人,是很难过。"

"虽然你是我师父,但是我也愿意保护你。"她说,"我一定不要让你再受委屈!"

我很感动,虽然知道她这样说只是为了安慰我,但我还是很感动。

4 小火柴给我的保护

大约一个星期后的一天晚上,我在固定的时间里没有密到小火柴,不禁觉得有些失落。

这时，一个叫清风道士的密了我。我想了半天，不记得认识这么个人，便回道："什么事？"

谁知他回答说："是我啊！我是小火柴！"

我一下就晕了："你怎么弄出这么个马甲来啊？"

"你不是说过PK道士最厉害吗？我就买了个道士号来保护你。"

再度晕倒，我问："不是吧，大姐！RMB（人民币）？"

"嗯。"

"你不是说你不会在传奇上花费太多精力的吗？怎么还会用RMB来买号？多奢侈啊！"

"是啊，可是我不愿意看到你被人欺负。"

"我的天！"我惊呼道，"可是你的号有没有密保啊？要是被人找回去怎么办啊？"

"啊？"她半晌才呆呆地回道，"那怎么办啊？"

"天知道怎么办？看造化吧！"

以后的几天里，我的身边便多了这么一个42级的道士保镖。可是真正PK起来，我发现，其实一点用也没有。这丫头笨手笨脚的，根本不会玩，更别提保护我了。

我于是笑她："看来你真是女孩子，只有女孩子玩游戏才会这么笨。"

到后来，我们干脆约好，如果有人来犯，我们就立即下线换号，然后，由我用她的"清风道士"在最短的时间内把对方解决。

然而直到这时我才发现，传奇与生活中最不同的地方在于：杀人，并不能够灭口。纵然我杀了对方 N 次，只要他一开口用脏话骂我，我还是郁闷得不行。

突然有些厌恶起这种生活来。于是想到，如果不是有小火柴的陪伴，原来传奇真的也没什么意思。

5 因为地老，所以天荒

又一天晚上，我没有密到清风道士，却看到火柴天堂呆呆地站在安全区，默默无语。

我走过去，拍拍她。她却只是转身看我，并不说话。我问她怎么了。她只打出许多的省略号。

我料想她遇到伤心事了，于是牵着她到了海边。她这才道："清风道士的号，果然被人家找回去了。"

我的心猛地痛了。我明白虽然她玩不好那个号，可是，那是她为我而买的号，是她要给我的保护。那个号，意义深重。

可是我不能表现得伤心，因为她在伤心。于是我劝她道："你说过的，游戏而已，不必太认真的。"

"可是……可是我真的不想要你再受人家欺负。"

"受人家欺负，是我自己技不如人。没关系的，游戏而已。游戏里面败了就败了，又有什么了不起。关键是在生活中，生活中要是技不如人的话才叫严重呢。"

从来没有想到，我居然会在这样的情形下，用她一贯的论调反过来安慰她，说着说着，竟也突然间认同了起来。一种从未有过的彻悟感，以一丝凉意的方式穿透我的心。

突然之间，我觉得无比索然。联想到自己真实生活中日渐荒芜的学业，不由得后怕起来。

134

"那么，"她说，"我们都退出吧。既然明知是一个游戏，就不必再深陷了，免得再像这样天天为这些虚无的事情伤心。不如简简单单，做好真实的自己。"

"好。"我冷静地答应她，"我陪着你。如果你不玩，我也就不玩了。"

"你以后会不会后悔？"

"不会的。"我说，"我以前成绩非常好的，玩传奇才几个月，成就也可以和玩了几年的相媲美，就是因为我这人比较坚定，认定的事一定会坚持。以前虽然知道游戏耽误学业，但没有退出，主要是因为没有想通，没有下定决心。"

"也不必一次都不玩的。要是……要是你想我了，就来这里看看，也许我也会在呢。"

我笑了："傻瓜，哪有那么巧啊。说不玩就不玩好了。我们可以 QQ 联系的啊。火柴，你加我 QQ 吧，我想看看你，通过视频。"

"不不，还是不要吧。你会吃惊的。"

"不会的，火柴，我不是坏男孩，我只有 16 岁啊。我只是把你当朋友，或者说是徒弟。所以不管你长什么样，我都不会吃惊的。"

而后我们相约下线、删号。两个传奇人物，从此荡然无存。

6 关于火柴天堂的那句歌词

然而正如火柴所说，当我接通了视频，我还是吃惊了，而且是非常非常地吃惊。

妈妈！

——妈妈俨然坐在电脑那头。

我呆在那里，动弹不得。

妈妈打过来一个笑脸：不是在生气吧？

妈妈说："东东，不要怪妈妈，妈妈只不过想更了解你。妈妈想，我们那么棒的东东，不会没来由地迷恋上游戏，一定有它值得着迷之处的。"

"妈妈不愿意强制东东不许这样不许那样。东东是小男子汉了，有他自己的主张。妈妈只是想让东东自己了解到：很多事情，都分有轻重缓急。妈妈有没有自作聪明？"

"东东，知道我为什么叫'火柴天堂'吗？不知道你有没有听过《火柴天堂》这首歌？歌词的最后一句话是'妈妈牵着我的手回家'。妈妈是想牵着东东的手，回家……"

　　我的眼泪不争气地流了出来，那时候的我一点儿也不像妈妈所说的"男子汉"。

　　我一边用手抹着眼泪，一边笑着在 QQ 上打字：

　　"得了吧，还牵着我回家呢，你不就是个卖女孩的小火柴嘛！什么都不懂，还要我保护呢！"

　　"嗯。"妈妈说，"那么亲爱的师父，小火柴等着你回家！"

小紫鱼儿

谁是谁的朱砂痣

曾经，也是在这条街上，有一个婴儿躺在这里无助地哭泣，可是没有人为她驻足。只有一双苍老的手，给了她温暖的力量。

　　我不会打扮自己。不高不低的马尾辫，一副斯文的眼镜，嘴唇是微微的粉红色却一点也不性感，额头不宽，没有刘海，头发很长却有点天生的微卷。我是这样一个普通到有点土的女生，没有人会认为我是美女，事实上我也不是，谁会认同一个跛子的美丽呢？

　　我叫筱然，大一女生。

138

　　可是朋克说筱然你应该好好地打扮自己，其实你是很漂亮的。

　　朋克是一个地下乐队的主唱，自己办一份关于摇滚的另类报纸。第一次见到朋克的时候是在学校的一次晚会上。场地很简陋，用的是上课的教室；音响效果很差，不时有哧啦哧啦的声音。就是在这样破烂的地方我第一次听到了朋克的演唱。那时候我正准备去自习室，不知道为什么突然改变主意拐到了这里。后来朋克说这就是机缘，冥冥之中自有安排。朋克很信佛，他一直坚信自己来尘世中走一遭只有两种选择，度人或被度。他一直在用音乐和文字度别人和自己。激烈的音乐和文字能把人逼入痛苦的境地从而得到升华。对于这样的说法我一直不置可否，不过有个词我是很同意的——痛苦。没错，当我第一次听到这种像站在野地里发情却欲求不满的公狼呼唤般的号叫的时候，我的心脏微微地疼痛，有点反胃。我不停地喝水喝水喝水，等他唱完五首歌时我已灌了五大瓶水。演唱会结束后我直奔向往已久的目标——厕所。

　　从那以后我对摇滚的好奇荡然无存，敬而远之。我不相信世间会有如此浓烈的感情存在。它们全是骗人的东西。

后来我看到了他办的报纸。他在上面肆无忌惮地讨论打群架和单挑的利与弊，当然还有他们的乐队。不管我以前是怎样地排斥他们我还是深深地喜欢上了这份报纸，用他们的话说那就是"太牛B了"。

在一个春光明媚的下午，我第一次与朋克有了亲密接触。当时我左手拿着鸡蛋灌饼，右手拿着那份报纸，背着一个鼓鼓的大包，用小手指提着大瓶的菊花茶走在通往教室的路上。迎着别人的目光和表情我得意地想，如果再加上一副墨镜和耳机就更完美了。这样的时刻应该发生点什么才能对得起我前边啰里啰嗦的一堆废话。《重庆森林》开始的时候说："我们最接近的时候，我跟她之间的距离只有0.01厘米，57个小时之后，我爱上了这个女人。"所以在我距离朋克0.01厘米的时候我撞上了他或者说是他撞上了我。接下来的故事就应该是这样的：一片慌乱中他看到了我手中的报纸，然后像发现知己一样问我对它的看法，我必然用世间最精美的词语来赞美它，然后他心花怒放、相见恨晚，然后来个校园两结义。从此我们谈论天文、地理、帅哥、美女不亦乐乎，一时传为千古佳话。

可是事实并非如此，我们彼此只说了两句最经典的台词："对不起，对不起"，"没关系，没关系"。然后我们擦肩而过。很久以前有个叫王家卫的导演说过一句话："每天你都有机会和很多人擦身而过，而你或者对他们一无所知，不过也许有一天他会变成你的朋友或是知己。"我以为我和朋克是前者，没想到我们却是后者。

恋上我　就别　想跑

后来我发了一篇文章给他,文字满是腐烂的味道。笔名是"宿命",那是我从小就一直惧怕却躲也躲不开的东西。文章竟然登载了,随之而来的是我们通信,打电话,见面,最后成了朋友。俗气的剧情一一上演,一切皆大欢喜。

朋克问我有没有比较亲切的名字。我说你叫我晶晶好了,这是我养母起的名字,三个太阳,很暖的名字。晶晶,晶晶,晶晶,我听见我的名字在朋克的嘴里千回百转。我笑了。养母给我起这个名字的时候竟没有想到梵高就是被太阳烧疯的。但是我什么也没有说,只是平静地接受了它,让它成为我的一部分。直到我为自己制作了另一个名字:"筱然"。

后来朋克说晶晶你应该好好地打扮自己,其实你是很漂亮的。

我不以为然地说漂亮有什么用?等我缺钱的时候再拿它养活自己吧。

朋克却很严肃地说你不会缺钱的,因为有我这个超级大钱罐。说完他鼓起嘴双手伏地扮成猪的样子。我哈哈大笑。我知道朋克的家里很有钱,可是他的父母好像不太好。我没有打听过这样的事情,因为不想承担太多,我连自己都可怜不过来,哪还有能力去替别人背负什么?我笑着看着朋克匍匐的样子,突然觉得有什么东西的影子向我飘来。

我仔细地瞅着,才看清那是一只玩具熊。

那个时候我还和父亲生活在一起，我的名字叫"妮子"。我们挤在桥底下堆放垃圾的洞里，把纸板铺在地上。冬天就多铺一些破旧的衣服，或者央求隔壁桥洞的七婶用那根生了锈的针把碎布缝在一起，就是我们的取暖方式；夏天的时候到附近一条污浊的小溪里洗澡，然后拿一块硬硬的纸板扇风乘凉和驱赶蚊虫。我穿着七婶补过很多次的衣服，趿拉着不能系带的塑料凉鞋，走路的时候踢踢踏踏的。七婶有一个比我大一岁的儿子，我叫他大毛。

和我们住在一起的还有一位婆婆，她对我很好。父亲说他刚抱我回来的时候我正在发烧，他没有钱为我看病，全是阿婆用老家的土方法治好的。他说你以后不能忘了阿婆啊。那个时候我看见阿婆羞涩地绽开慈祥的笑容，她的嘴里没有牙。

后来的某一天，我发现我已经很久没有见到阿婆了。我问父亲阿婆去哪里了？父亲顿了顿身子，低下头说，阿婆死了。死了？什么是死了？死了就是你再也见不到她了。再也见不到？我再也见不到那个向我微笑，教我学说话的阿婆？再也见不到那个从怀里掏出被别人扔掉的糖果的阿婆？再也见不到那个为我用捡来的洗干净的碎布缝毽子的阿婆？这怎么可能？

在我8岁的时候我永远地失去了一个很重要的亲人，我开始懂得死亡的含义，并且恐惧它。后来才知道那是每个人逃不开的宿命。

阿婆死后不久父亲教我认字，当他第一次拿着捡来的纸和笔写字的时候，我很惊奇，父亲原来竟是这样博学的一个人。他每天

恋上我 **就别** 想跑

都会为我从垃圾堆里捡回一些快乐，纸、笔、破旧的书、缺齿的梳子。那个时候我觉得世界上最美丽的东西就是垃圾堆，它是我童年的万花筒，总是会带给我意外的惊喜。

所以直到现在我还常常在垃圾堆旁边徘徊，心中会涌起一股喜悦亲切的情感，仿佛又回到了和父亲一起练字的时刻。

大毛是第一个让我知道有个哥哥是什么样的感觉的人。他的个子很小，营养不良的瘦弱，因为常常跪在地上乞讨，所以腿有点变形。那天中午我经过一条小巷，看见从里面跑出来几个流里流气的年轻人，很慌张，身上的衣服还留有打斗的痕迹，他们从我身边跑过，带来一阵台风的呼啸。我忙冲进了小巷，大毛一动不动地趴在地上，头上有血迹，他的脸朝着地上，身子蜷缩着，似乎在保护着什么东西。

我很害怕，怕大毛会像阿婆一样死掉。我不停地大喊大毛大毛大毛，然后我看见他动了动。我小心地用手指碰了碰他，他好像清醒过来了，手脚并用地试图爬起来。我忙扶起他，他喘着粗气靠在墙上。这时候我才发现原来他的手里抱着一只小熊，灰色的、没有尾巴的、脱了毛的小熊。我说大毛你没事吧？他咧着嘴艰难地笑了，说没事没事，这点小伤有什么事？然后他把那个小熊递给我，说拿着，那帮小子想跟我抢，门都没有。我缓缓地接过来，小熊的眼睛无辜地望着我，我也望着它，然后眼泪就止不住地落下来。大毛傻了，他忙哄我说妮子，你要是不喜欢就扔了它，哭啥呀？我把小熊紧紧地搂在怀里，大声地喊胡说胡说，谁说我不喜欢它？大毛看着一直不停地流着泪的我不解地挠挠头，傻呼呼地笑了，然后又疼得龇牙咧嘴。

很多年后我依然记得那个场景，一个受了伤的少年，一个没有了毛的破败的小熊，一个感动得流泪的小女孩，这些简单的东西让我在以后孤独的梦里都会忍不住微笑，那是我最甜美最痛苦的记忆——我的童年。

"喂，发什么呆呀？"朋克的话让我清醒过来。

"我在想你有没有猪的头脑？"

"什么？真是太侮辱人了，像我这样的天才怎么可能有猪的头脑？真是太侮辱人了！"

我又笑起来，朋克就是个这么出人意料的家伙。

"听说有个傻瓜在追你？"朋克突然转移话题。

"没错，他的眼睛八成瞎了。"

"你打算怎么办？"

"看看喽！可能会接受。"

"哦！"朋克掏出烟来抽。

我也不知道该不该接受那个叫什么华的追求，因为俗气的恋爱会让人产生厌倦的情绪。公式般的情人规则和躲不开的约会，

偶尔撒娇闹点小脾气，掉几滴眼泪，接几个吻，或者学习别人所谓的浪漫。这是一场从开始就能预见结局的故事。

我曾经见过一场还没有开始就仓促破碎的恋爱，是七婶和父亲。在那个与世隔绝物质贫乏的地方也曾上演过如此生动的爱情，只是当时我并不知道。

144

七婶从隔壁端来杂拌饭，我蹲在墙角里稀里呼噜地吃个不停，还不时斜着眼睛竖起耳朵听她与父亲的对话。七婶穿着补丁最少的衣服，布鞋是刚刷过的干净的样子，头发整齐地扎在后面，还插了一把缺齿的梳子，脸是刚洗过的湿润，嘴上不知沾了什么东西有些微红。当我费力地思考七婶到底吃了什么红色的好吃的东西的时候，她已经走出去了。

父亲不停地抽着过期的劣质烟，我不停地往嘴里塞着饭。我想七婶和父亲到底说了什么呢？这个答案直到今天我也没有想出来。我只知道就在我吃饭和思考的时候，爱情悄悄来过又悄悄地走了。

后来七婶带着大毛嫁给了一个瘸腿的外乡男人，他们离开了我，和阿婆一样离开了我，我感到前所未有地恐慌。

可是恐慌是没有用的，该来的还是要来，躲也躲不掉。

再后来的一天，我记得很清楚。父亲帮我换上一件好看的衣服，那是我第一次穿上那么漂亮干净的衣服。然后父亲把我领到了一座普通的房子前,敲门而进,是个女人。父亲对那个女人很恭敬,他指着我说,就是她,长得多精神,而且很聪明,还会写字。我感到那个女人像是打量一件商品,过了很久之后她点点头。父亲吁出一口气,他转过头对我说,妮子,从今天起你就住在这里了,说完头也不回地走了。我傻傻地站在那里,觉得有无数条毒蛇逼近了我,可是没有人帮我,我也无力反抗,所以我就很镇静地站在那里,一动不动的。然后那个女人走过来拉住我的手,她笑着问我你叫什么名字啊?我说我叫妮子。

哦,她说,你就叫晶晶吧,三个太阳,很暖的名字。从今以后这里就是你的家了。

我盯着她的脸,她的皮肤很白。

朋克经常在吃饭的时候盯着一个漂亮女孩的眼睛,根据他的说法是这样做可以开胃。而每当这个时候我都会取笑他"狗熊本色",他会一本正经地双手合掌道:"空即是色,色即是空。"然后我会拿着筷子把桌子当木鱼敲。我们一起唱"鞋儿破,帽儿破,身上的袈裟破……"唱完我们就趴在桌子上大笑不止。这是我们最常玩的一个游戏。可是今天朋克突然站起来眼睛向外直视。我回头看,一个中年男人正温柔地冲我们微笑。他穿着规矩的西装,眼睛温和平静,头发服帖地梳在脑后。

我听见朋克低低地叫了一声:"爸。"

他走过来坐在我的对面,朋克没有介绍我们认识的意思,但我并不在意,直到我看清楚了他的样子。

"是你?"我惊讶地叫起来。

"你们认识?"朋克疑惑道。

"不,不认识。"我轻转过头。

146

那一天的黄昏天气微凉,我帮母亲去她的房间拿外套,那是我第一次走进那个屋子。相架上,一个很英俊的男人在温柔地冲着我微笑,他穿着规矩的西装,眼睛温和平静,头发服帖地梳在脑后。

现在他真实地出现在我面前,不过已经由陌生人变成了朋克的父亲。宿命的阴影悄悄地笼罩住了我,一种不祥的预感涌上心头。我的手开始颤抖。我努力地睁大眼睛想看清阴影的背后,可是没有用,没有用的,一个导演不会让他的演员有超出剧本以外的情节上演。一切在还没有开始的时候就已经注定,谁也逃不开。

我低着头吃着盘子里的食物,心情平静下来。他一直在近乎讨好地对朋克嘘寒问暖,但朋克表现得并不如他对音乐的热情。我看着这个略带沧桑的男人,他的脸上已经有了细密的皱纹。我还记得那天看见他相片的样子,英俊而又含蓄的魅力,我甚至能闻到他身上的古龙香水味儿。可是现在他就坐在我面前,西装微皱,嘴角有青色的胡碴。他看上去是那样无奈而又颓废。我真的很想问问他，问问他认不认识一个独居在北方小院里的一个寂寞的美丽的女人，她曾经告诉我她有过一个生下来就是残疾的女儿，所以她遗弃了她，后来又收养了我。

我想问问他认不认识一个每天都为自己买一束玫瑰花的女子，她常常抱着酒瓶喊着一个男人的名字，然后把我当做她的亲生女儿一样打我；她哭喊着问我为什么不是一个男孩，是我让她败在了另一个女人的手里，他的妻子为他生了男孩子抢走了他，而她只生了一个赔钱货而且是个残缺品。等到打累了的时候她又会抱着我狠狠地哭，告诉我她是如此地爱着他，可是现在一无所有。

我想问问他认不认识一个喜欢穿着旗袍在年代久远的古建筑群里穿梭的女子，有时候我会偷偷地跟着她，看她在茫茫的人群里找着什么东西，像一个旧上海迷路的贵夫人。有时候她会忽然转过头和我说话，她说他喜欢用黑白色来拍摄旧时代的建筑，她说他喜欢喝卡布其诺咖啡，她说他喜欢穿西装和球鞋，她说他喜欢和她一起在秋天的时候散步去听落叶破碎的声音。

可是我没有问。我只是沉默地吃完了所有的食物礼貌地道谢然后和他告别。朋克没有回头，我却忍不住转身，一个憔悴模糊的身影单薄地站在路边。他冲我们摆摆手，我忙向前跑去追朋克。

"他是我父亲。"

"嗯。"

"他年轻的时候曾试图抛弃我母亲，后来因为我的出生才改变

想法。"

"嗯。"

"你没有什么话对我说吗?"

"嗯!……嗯?哦!今天的牛肉面很好吃。真的。"

我终于接受了那个什么华的追求。我们是情侣了。他拉着我的手在校园中穿梭,示威性地斜了朋克一眼,然后趾高气扬地送我去上课。我摇头低笑,多么幼稚的孩子,没有男人坚实的肩膀却谈起男人的恋爱。

我一点都不喜欢他,因为在任何的游戏里,我早已经学会了为自己留一点余地。

其实我真的很想告诉他,垃圾堆里哪些东西还可以再用,哪些食物还能再吃的;我想告诉他我最喜欢吃糖葫芦但是从来不会买,请他不要问为什么;我想告诉他我有一个很丑很丑的玩具小熊,我每天晚上都抱着它入睡;我想告诉他请他不要再写信因为真的很肉麻,也请他不要再送玫瑰花因为真的容易枯萎。可是我什么也没有说,我只是指着天空对他说,这里是织女星,那里是牛郎星,他们之间永远隔着一条银河,而且喜鹊也快要绝种了。他似懂非懂地想了很久,才恍然大悟地说:"好感动好伟大的爱情哦!"

我昏倒。

因为忙着考试，所以我和朋克一直没有见面，可是那天的写作课上警察突然来找我。那个时候我才知道我的朋克已经死了。他拿着一把刀，那是一把他曾经用来给我削苹果的刀，它很安静地放在地上，它刚结束了朋克的生命，朋克的血还在往下流。我傻傻地看着睡在地上的朋克，知道他再也不会醒过来。我知道，我从小就知道，我所有的朋友和亲人都将会离我而去。可是朋克，我还没有准备好和你说再见呢。

结果出来了，朋克因为服用过量的药物产生幻觉而自杀。

今年我已经满18周岁了，算命的说我生来就命硬，会克死我身边所有的人。所以我一直在等，他说的话是不是真的灵验。当我接到母亲的家庭医生的电话的时候，我才相信，在这个世界上，有些事情真是注定了的。

母亲临终的时候终于吐露真言。她说其实我不应该领养你的，可是我实在忍受不了那些纠缠着我的噩梦，所以我让你父亲把你带到这里。我曾经有过一个女儿，可是她和你一样是个不完整的人，我不相信自己竟然这样的失败，所以我把她丢弃了。

我把她丢弃了，她说，可是我永远记得她出生时无邪的笑容，还有她右臂上的那颗鲜红的朱砂痣。

你只是不敢面对自己的失败。我很尖锐地看着她。

是，我是不敢。所以我又收养了你，我可以把我对我女儿的爱

恋上我就别想跑

给你,却可以不用恨自己。

多么自欺欺人的想法。

我做的事不用任何人评判。

我比任何人都有资格。

你以为你是谁?

我不是谁,我只是一个右臂上有一颗朱砂痣的弃婴。

150

我发疯似的跑了出去,在大街上拼命地跑,泪水像奔涌的潮水不停地打湿我。我想见到父亲,我知道他一定知道。他什么都知道。

然后我看到了他。

他正躺在桥底下,更加地苍老。我擦干眼泪,跑过去直视他,这个曾经像那个女人一样抛弃我的男人。他躺在破旧的纸板上,一动不动,呼吸微弱。

为什么?为什么会是她?

父亲了解地点点头。你们终于知道了,那天晚上她把你丢弃的时候我看见了,所以把你抱回来。

为什么?

因为我爱她,我爱你母亲。

那一夜我和父亲相视无语。在天亮的时候,他离开了我,永远地离开了我。

我也终于原谅了他,这个深情而执著的男人。

现在我站在垃圾堆的旁边，那里有一个弃婴，已经失去呼吸的弃婴，它静静地横在那里，眼睛微闭，一副安详的样子。

曾经，也是在这条街上，有一个婴儿躺在这里无助地哭泣，可是没有人为她驻足。只有一双苍老的手，给了她温暖的力量。

今天，她又站在这里，看着一个同样被命运遗弃的生命，已经死亡的生命。她觉得自己虚软无力。她瘫坐在地上，望着马路上行走的人群和繁华的景象，突然发现自己已经无泪可流。

我真的已经无泪可流。

恋上我 **就** 别 想跑

我爱欧文

红房子外的 Crazy Winter

我小时候常常想像18岁时的样子。

甜美的18岁应该是有王子，有公主，有城堡，有胆战心惊的激情，有华丽雍容的长袍……

我小时候常常想像 18 岁时的样子。甜美的 18 岁应该是有王子，有公主，有城堡，有胆战心惊的激情，有华丽雍容的长袍，可是 13 岁后的某个阳光灿烂的日子我才突然发现这是多么不现实的想法，可我还是原谅了小时候的自己，毕竟那仅仅只是梦想。

我现在 17 岁，坐在高二的理科班教室里上着百无聊奈的课，没有王子、公主和城堡，每天有的全是一群中老年人轮换着在一片狭小的空间里做着表演，面对着一群不懂他们"舞台艺术"的观众他们还要尽量摆出很高兴的样子来，真是太难为他们了。

懂得他们"舞台艺术"的真正观众在对面的教室，而我们，大概只是为了创造票房而存在的一群。

没有名气的学校总会想方设法弄出些事情来出名。学校里最近组织了生命科学社。我始终不相信凭着操场边上的两间破屋就能研究出人家在豪华实验室研究了好几十年的东西来。

看着清清淡淡的从树叶隙间泻下的被净化过的纯美光线，我笑着对自己说，也许会有例外的，不过这大概和我想像中的 18 岁一样不真实。

我还是成了这"科学社"的一员，而且我的目的十分猥琐——我是为了可以光明正大地不上星期三下午的课。

不过我还是很庆幸我来了，因为我碰到了一个高三的学生，确切地说他是我小时候的邻居。

林晓现在已是一个很高大的男孩子，有飘逸的棕色的短发和

恋上我 **就** 别 想跑

宽大的衣服。印象中的林晓是七岁时的那副样子,个子小小的,挂着两条清水鼻涕,穿小一号的衣服,混在女孩堆里。所以当他叫我的名字时,我看了他 30 秒钟但仍然想不起来他是谁。

我是林晓。他说。

林晓?怎么会?

他笑了,我就是林晓!

是吗?

是的。

然后我们一起大笑。

科学社的辅导老师是那个让很多人羡慕的老头子校长,因为他总是一副恬静平和的样子,很多人看到他就会想到梭罗,而我总会想到天空中悠然掠过的浮云。而且这时候我才知道,他姓夏,叫夏归。林晓悄悄说,夏乌龟,惹得很多人跟着好一阵笑。

林晓执意在这个周三的下午送我回家。我笑,天还没黑哪!他说,很久不见了,想和你聊聊,不行吗?还是有人预约了?我说,那一起走吧。

林晓一路不停地说话,他一直在讲那些我们小时候一起相处的日子,眉飞色舞的样子,仿佛一点不为那个曾经总是追在女孩子后面的自己感到羞愧。我看到了那棵大杨树旁漂亮的红色房子,我说,我到家了。他微蓝色的眼睛泛着诧异的光,这就到了?你还没说什么就到了?我看着他漂亮的眼睛点点头,我到了。他说,那好吧，再见。他转身的背影让我有种似曾相识的感觉。

马路边上的树叶三三两两落下来，有种莫名其妙的离别气息，我告诉自己，秋天快到了。我转身的一刹那忽然想起，林晓是有八分之一的欧洲血统的。

高二的课程开始让我感到厌倦，而且在某个昏黄荡漾的下午我发现不只是我感到厌倦。教导主任第三天郑重其事地召开年级广播会议，我们班的班主任一言不发地坐在教室的一角，于是很多人回头去看后面那几个空空荡荡的座位，然后他们猜到了事情的原因。

"二班的六个人集体出走，而且是一下子全不见了。"教导主任严肃地说，"这事没有征兆但肯定有苗头。"我想了半天也不知道征兆和苗头的区别在哪里，但我知道教导主任说错了。因为"第三天"是陶陶和我说再见的第三天。

晚上 12 点我还在为我的三分之一理想拼命苦读时，电话铃突兀地响起，陶陶说，小薇，我来和你说晚安。我说，陶陶你怎么了？陶陶说，我要走了，以后见不到你了，再见。然后电话就断掉了。后来我才知道，他们集体出走了，而且没人知道他们去了哪里。

陶陶站在银木槿纯净的树阴下跟我说，我希望有朝一日能过上流浪的生活，背着画夹，走到哪里画到哪里。陶陶是个有才华的女孩子，我见过她画的油画，柔美得像深海里盛开的艳丽花朵。她还弹得一手好听的钢琴，而且她是我见过的惟一一个自愿吃苦学

琴的女孩子。她说，很小我就知道，有一种东西，叫做坚持。从那时起我就不把她完全当成小公主看了，但陶陶说要当流浪画家的时候，我还是暗自心疼，陶陶是这么一个柔软的女孩子。

我说，陶陶，我舍不得你去流浪。陶陶笑了，纯净而甜美。她说，等我找到可以和我一起流浪的人我再走好不好？我抬头看经过净化的细碎的阳光，陶陶看着我笑。这一刻一瞬间定格在我的记忆里。

然后陶陶找到了那个人，于是他们消失了。Disappear，带有紫色魔幻魅力的词语。

我没有担心陶陶，同行的六个人里有一个叫苏跃的男孩子，那时陶陶幸福地笑着，和苏跃两人十指交握。苏跃对我说，小薇，陶陶交给我好吗？我笑着说，好的，照顾好我们家宝宝。陶陶说，说得跟我妈似的。我说，好吧，苏跃，你以后要叫我岳母。然后我们三个人沐浴在阳光下一起大笑。

不知是谁曾写过这样一句歌词：看世界还在继续运转。于是这件事理所当然地渐渐淡去。我依旧把星期三下午挥霍在"生命科学社"，听夏老师讲那些莫名其妙的东西，当有一天我开始用那个漂亮的韩国笔记本来记夏老师讲课的笔记时，我觉得有些事情已经开始发生变化了。

星期三下午林晓依然和我一起走回家，他总是不停地说话，我也总是沉默地着看马路两旁飘落的叶子。他神秘地说，我发现一

156

件事情。我看着他泛着蓝色微波的眼睛。他说，你和我一起走的时候总是不说话。我笑着说，话都让你说没了，我还说什么？我抬头看见了那棵大杨树，我说，我到家了，再见。

林晓的背影消失在我的视野里的时候，有人在身后叫了我的名字，我回过头去，一个优雅的女人说，对不起，我一直跟在你的后面，我是陶陶的母亲。我尴尬地笑笑，您好。

我回到家时感觉有点头昏脑涨，陶陶的妈妈对我说的最后一句话是"陶陶说你是她最好的朋友"，我昏昏沉沉地躺在床上一直想着这句话究竟是作为什么意义被她说出来的。我喝了一杯冰水之后觉得那是总结，她觉得如果她女儿说的话是真的。那么我说的就全是假的；如果陶陶说的话是假的，那么我的话就根本没有听的价值。事实上她从头错到了尾，怀疑是不必要的。我是陶陶最好的朋友，这是真的。我的话全是实话，这也是真的。

高二的第一个学期始终洋溢着懒散的气氛。进入 11 月，不知为什么过生日的人多起来，上课的时候总能看见有人像传纸条一样传礼物，而且是大包大包的，隆重得很。我不知道为什么，小何告诉我，因为是 18 岁生日嘛。

美丽的女主播时不时地说，气温下降了，请注意保暖。我依旧固执地不肯在 11 月穿毛衣，妈妈每天早上絮絮叨叨地说要感冒的，你感冒我可不管你。爸爸在一边不屑地说，等小薇感冒了你又会急得不得了。妈妈漂亮的眼睛瞪着他，他不得不改口说，其实这也

是一种增强体质的锻炼。爸爸是医生，尽管他是精神科的医生，但妈妈还是停住了唠叨，毕竟这几年的冬天我没有得过一次感冒。

星期三的下午我依然坐在"科学社"的教室里，但是这里没有暖气，已经有很多人退出了。夏老师仍然笑呵呵地冲着仅剩的十几个人讲着那些繁复的知识，我仍然在星期三和林晓一起回家。

路边的树木已经开始掉叶子了，我说，我看到树掉叶子心里就会很难过。林晓好像没听见我的话，他说，12月马上就要到了。我知道林晓的生日是12月31日，我不动声色地笑了笑。

陶陶给我看过一幅油画，乳白底色上铺着凌乱的线条，陶陶说画的名字叫Crazy Winter。

弥漫了一个学期的懒散的空气不知什么时候消失了，期末考试摆在眼前的时候已经到了圣诞节，可这时候我得了重感冒，我甚至不知道我住了院，用爸爸的话说是我把几年的感冒全赚回来了。

我出院的那一天阳光明媚，回到家我一眼看到了墙上的电子钟，1月2日。我找到了我要给林晓的礼物和那封我写了两个小时的信，傻傻地猜想林晓收到礼物会是什么表情。

第二天我穿了厚厚的毛衣去学校，所有人都用异样的眼神看着我，小何给了我一封用蓝色信封装着的信，上面写着：小薇收 From 林晓。我笑了，我把那封信放进书包。小何说，那个人前几天找了你好几次，特别着急的样子。我说，是吗？

高三放学最晚，下了课我就收好书包等在高三(一)班门口，不知为什么风这么大？我哆哆嗦嗦地等了半个小时，出来一个人的时候我让他叫一下林晓。他说，林晓？他去欧洲了，1号走的。

我的心跳开始加速，然后眼前浮现了那幅 Crazy Winter。

风特别大，我眯着眼看着那棵大杨树，终于我敲响了杨树旁那栋好看的红色屋子的门。

开门的是一个披着红色羊毛披肩的慈祥的老太太。我不知道该说什么，只是看着她棕色的眸子，她笑着说，进来坐吧。我摇摇头说，我想问一个人。她说，是一个叫小薇的女孩吗？前两天有一个男孩也问起这个人，还在门口站了一夜。可是我没听说过这个人……

我把给林晓的礼物和信丢进了路边的小河里，信封上的钢笔字在水中渐渐模糊……我看着它们在水中弥散开来，直到消失不见，我觉得这也许真的是一场水中的幻景……

我坐在"科学社"的教室里，在四月纯净柔和的阳光下面，夏老师对着仅剩的四个人安静地讲那些烦琐知识，我的笔记已经有了厚厚的一本。

我对着窗外的四月微笑，这是一个美丽的日子，因为这一天，我18岁了。

卞 晴

亲爱的你怎么不在我身边

我必将追逐繁华盛世中，一个可以栖息的安稳角落。你必将，在滚滚红尘里，遇见无数新的故事，将已苍老的我，遗忘在昨日。

1

　　其实，我已经忘记了那个多风的春季。很多很多年，我把它置入回忆的末端，期望大浪淘沙般的岁月，最终将它卷走，了无痕迹。我不愿意想起那些慵懒的云朵，在若有若无的阳光中舞蹈；我不愿意想起那些芬芳的樱花，簇拥着开放在无所事事的午后；我不愿意想起那些扬着的低着的等待的脑袋，徘徊在东 11 号楼小小的门前。

　　还有，高寒，我不愿意想起你，一声一声，喊我的名字。是的，高寒，我最不愿意想起的，无非是，你美丽的声音，响在我还没有长大就已经苍老的耳朵里。

2

　　樱樱很漂亮，我去打开水的路上看到了她。四月的天气还带着凉意，樱樱裸露的小腿像两段干净的白藕，轻轻滑过我的视线。她的背影如此单薄，让我怀疑那只是一个淡绿色的影子。樱樱穿着淡绿色的连衣裙，和这里的春天融成和谐的画面。我把水瓶放下呆呆地看着她飘飞过去，一种想要抓住的欲望让我莫名地想要唱歌。

　　第二次见到樱樱是在我的晚会上。我是那晚的主唱，所有的眼睛几乎都看着我一个人。穿过拥挤的人群，我一眼便看见了角落里的樱樱，我安静的女孩，她静静地仿若一个蜡人。她闭着眼睛倚在小礼堂古老的墙角，默默地听我唱那些忧伤的曲子。我看不见她的眼泪可是我看见她的手拂过眼角。

我说："让我献一支歌给我最爱的女孩。"在人群的骚动里，我跑到角落拉上了她。那是一个无比开心的时刻，我看到她眼里的惊恐和喜悦。

在认识高寒的最初，我已经爱上了他。这个跋扈飞扬的男孩，轻易地带走我不停跳动的心。他是多么让人心动的男孩啊，挺直的鼻梁，微卷的头发，年轻的没有一点阴暗的眼睛，亮晶晶含着笑意。我拒绝不了他的目光，就像那个校园乐队演唱的夜晚，我拒绝不了他在万众瞩目中，向我伸出的手。

可是，我不可以爱上高寒。在我很小的时候便知道，我的命运，将掌握在未来的某个男人手中。我将爱他，为他生儿育女，与他青丝白头。那个人，绝不会是一个流浪的歌手或者画家，他必定是个敦厚质朴的男人，给我现世安稳。

是的，我只要现世安稳。因为，我是个孤儿，从小，我便在颠沛流离中成长。八岁时，一个没有丈夫的老教授收养了我。她供我读完了小学和中学，又把我送入大学。我要天天给她打好洗脚水，给她修剪脚趾甲，给她洗衣做饭，听凭她的打骂。可是，在人前，她疼我爱我，如同己出。

我恨我的养母，我知道，离开她的惟一办法，就是有个男人把我带走。那个男人，必须足够强大。高寒，不可以。

4.

樱樱不肯见我，我一遍又一遍在宿舍楼下喊她的名字。我知道，我的行为有点像个无赖。可是，从小到大，我从未遇见，如此让我心动的女孩。樱樱身上有一种东西，那是比忧郁更深的伤口，我不知道出处，然而，我感觉得到。

虎子说，想不到如此傲慢的高寒也会低三下四地去追女生。是的，不论王子公主，爱情面前，都要俯首称臣。可是，樱樱不肯见我。我抱着我的吉他，给她唱一支又一支缠绵的歌曲，我知道我的歌声，在和煦的春风中，将飘到东 11 楼 207 的窗口。我爱樱樱，不介意全世界都听见。

樱樱终于肯下楼来，我听到好多人一起鼓掌。然而，她在那样柔和的春风里，突然扬起倔强的小脸，冷漠地看着我，然后一字一顿地说："请、你、闭、嘴。"

我无地自容，我羞愧难当。可为什么，我清楚地看见，那冷漠的目光里，含着委屈。

5

　　春天在一场场绵绵细雨里匆忙地转身，栀子花开得浓烈的时候，我知道，夏天来了。

　　高寒再也没有来找过我。他总是站在书报亭后面，静静地等我下课经过。这个笨拙而固执的孩子，因为不堪的我，变得神情忧郁。我从来没有去看过他，我假装根本不知道，他站在那里，只是等我经过。我像个高傲的公主，昂首阔步走过那个古老的报亭，可是我的心里，带着千疮百孔的留恋。我多么想回头，给他一个明媚的笑容。可我多么害怕，在欢乐的尽头，等待我们的，将是不归的宿命。

　　高寒啊，请你原谅我，不过19岁的年龄，就学会去对爱情防备。也请你，不要再等待，一个永远没有资格转头爱你的女孩。

6

　　樱樱看见了我，然后走过。我承认，我没有勇气，再去抓住她的手，告诉她我爱她。这个苍白而美丽的女孩，带着无比的惶恐和无比的镇静，来拒绝我炽热的爱情。

　　如果能够每天这样看着她走路的姿态，我愿意，如此站成风景。

我真的不能够，看着自己和心爱的女孩就这样无声无息地错过。如果老天不让我们相恋，为什么又安排我们相遇，在那一刹那，让我看见她眼里的不舍和眷恋。

那是虎子给我出的拙劣主意。在书报亭的旁边，樱樱经过的时候，虎子掷过石头，砸中我，看下她的反应。虎子说，她喜不喜欢你，到时就知道。虎子瞄准我的胳膊，却砸中了我的脑袋，樱樱惊恐地看着流下的鲜血，用她洁白的袖口，帮我紧紧捂住伤口。

医院里，她转身离去的刹那，我清晰地看见了，那深深的眷恋。有了这个刹那，我愿意继续，傻成一座雕像。

7

高寒的血，就像从我自己的身体里流出来一般，生生地疼。我想，我再也支持不住了，哪怕这场爱恋，让我万劫不复，我也愿意，采摘这一瞬间的绚烂。我爱上了高寒，从一开始的时候，就无比地爱。

我想起了孤儿院那个很慈祥的老院长，她总是对小小的我说，樱樱，不要步你妈妈的后尘，不要。我的妈妈是个美丽的女人，在她肮脏落拓地出现在孤儿院的时候，老院长依然诧异于她的美丽。她留下了我便了结掉自己的性命。老院长说，我的爸爸是个艺术家，他用爱情把妈妈从深宅大院引诱到了风餐露宿的生活中。然

后，当他的爱情消失，妈妈便带着未出世的我，被抛弃了。

这个故事深深震撼了年幼的我，我对一切会唱歌、会跳舞、会画画的男孩深深恐惧。"喜欢艺术的男人，是罂粟。他们是罂粟，樱樱，你记住。"老院长说。

"什么是罂粟？"

"罂粟就是很美丽很美丽，但是，藏着剧毒的花朵。"

高寒，他就是我躲不了的宿命，不可逃的，罂粟。

樱樱终于肯对我微笑。她有很好看的小小酒窝，镶嵌在弧度美好的嘴唇旁边。然而，她的眼神，总像一潭幽幽的湖水，射出奇怪的光。这光芒，没来由地让我心痛。这是一个我无法捕捉的女孩。她冷漠的时候，让我怜惜；她微笑的时候，让我迷惑。

我只能用一些忧伤的快乐的曲子，来表达我对她的爱恋。樱樱依偎着我，像那些流浪的猫咪，在寒冷的冬季，依偎在某个烟囱旁边。她静静地听，静静地流泪。我捧着她精致的脸孔，不知所措。我不知道，怎样止住她脸上清澈的泪水，就像我不知道，怎样堵住她心中还在流血的伤口。

我一遍遍吻她，吻她的泪花、她的笑颜、她光洁的额和柔软的唇。我听见樱樱在我的怀中一遍遍地说，高寒，如果有一天，我们分离,不是因为不爱,是因为命运。

9

我是多么迷恋高寒修长的手指和隆起的喉结中流淌出的,那些美丽的声音。它们似遥远的天籁,让我在安宁中得到救赎。亲爱的,请相信,我流下的,真的是欢喜的眼泪。我因为欢喜,而不停地流泪。我也需要一个出口,淌出所有的情绪。

可是,高寒,我如此害怕。流年易老,芳华易逝,很快我们也许就不再有这样的机会,共享朗朗星空,皎洁月色。

我必将追逐繁华盛世中,一个可以栖息的安稳角落。你必将,在滚滚红尘里,遇见无数新的故事,将已苍老的我,遗忘在昨日。高寒,这一切,我是如此如此清晰,在我们开始的时候,我已经料定了结局。有的人,生来就注定了不能随心所欲地去爱;如果爱了,就要付出昂贵的代价。

这一切,我都知道,高寒。可是,你可知,与你分吃一碗饺子,我都感谢苍天,曾赠我生动的一页。

10

我不是音乐系的学生,我的专业是计算机,可是,我恨透了那

些程序语言和冰冷的芯片。所以，我的成绩基本都是在 60 分上下晃悠，也许及格，也许不，我都不在乎。很多时候我会去学校对面的酒吧唱歌，薪水很少，但足够我给樱樱买好看的裙子。我很爱这个女孩，真是很爱，可是，我明白，我的心愿，是踏上流浪的旅途，一路唱歌，一路爱她。可我不知道，她会不会愿意，跟我一起去浪迹天涯。

已经大三了，一些同学考托福，考 GRE，另外一些在忙活着考研，还有极少数，跟我一样，无所事事。准确地说，只有我和虎子，四处唱歌，没有一点为未来打算的意思。我觉得那帮人无聊透顶，为何用大把美好的青春岁月，去换一些不知结果的明天。

樱樱来看我唱歌的次数越来越少了，可是，我看见，酒吧老板看她的眼神越来越炽热了。这个被我和虎子称为杰哥的男人，三十岁出头，一副忠厚老实的模样，我只知道他的名字叫杰。虎子说，他要敢纠缠樱樱，就废了他。这小子总是幻想用暴力解决一切，典型的"古惑仔"后遗症。

11

杰又一次给我打电话，这是这个月他第三次约我吃饭。我知道，如果答应他的邀请，将意味着什么：一个开端，我和高寒的终点。我从来都知道，当另外一个男人出现时，我和高寒的终点，就要到了。

只是，我从来没有想过，会这么快。和高寒在一起的分分秒秒，仿佛片片落下的樱花，在风中悠然而逝，似乎只一瞬间。他是这青葱校园骄傲的王子，这偌大城市孤独的孩子。我不敢奢望他，又不忍遗弃他。

杰喜欢我，我从他的眼睛里看见了真挚的爱恋。我想我可以分辨真诚和虚伪，用很多不快乐的岁月赐予的直觉。多少年来，我不就渴求吗？一个这样的男人，温厚、善良、富裕。带我离开那个冰窟般的家，那个道貌岸然的养母。我对自己说，不可以，不可以错过杰，我等待得已经太久太久。

几秒钟的犹豫后，终于还是拒绝了杰的晚餐。如果开端和终点都要来临，那么，至少让它们，不要交叉。

12.

我眼睁睁看着樱樱离我越来越远。我拉不回来她，就像当初一样，我止不了她心中的痛。从来，我都没有问过樱樱，她的家，她的来处。我知道那是个秘密。于是，我情愿想像，她是一个天使，不小心坠落飘满人间烟火的凡世。

樱樱开始当着我的面接杰的电话，她的语气娇媚，充满某种诱惑的信号。只有我听得出，那里面暗藏的哀伤，是如何催得风儿呜咽，一如当初在她坚韧的冷漠下，我那样地清楚她无限的委屈。樱

樱，你知道吗？我的父亲是另外一个城市的市长，我的母亲是那个城市的法官。他们都是这个世界上最和蔼可亲的长辈。我们家三层的别墅，早就有一层，是为我布置妥当的新房。

我可以给你美丽爱情，也可以给你富贵荣华，更可以带你浪迹天涯，只要你愿意。樱樱，我从来没有告诉过你，因为，你从来都没有问过我。

我无法和高寒说出分手，我想，只要我不断地让他听见我跟杰的谈话，他便会甩头离去。我希望他恨我，恨透我，永世不再想我。

可是，我的高寒，只是静静地看我做这一切，静静地。他一如既往，唱忧伤的快乐的歌曲给我听。我看见他的烟开始抽得越来越凶，直到嗓子沙哑。我说，高寒，请不要毁了自己的嗓子。他说，樱樱，你不需要的东西，就让它毁灭好了。

这个痴心的孩子，这个傻气的孩子。我去找了虎子，高寒最好的朋友。我说，请你帮助我吧，求你。演一幕戏给高寒看，我去找杰，请你拍下我们的欢爱。虎子说你告诉我原因。我说好，因为，我不爱高寒，可是，他缠着我，我摆脱不掉，只有假你之手。

善良的虎子，给了我一个耳光。我说，谢谢你。

14

虎子拿来的东西真的吓坏了我。我看见那卷 DV,心就止不住颤抖。樱樱,我从来都不舍得去碰的樱樱,就这样,和一个男人,赤身裸体交汇在一起。

我唱过的许多歌里,都有"心碎"二字,它似一个名字,镶嵌在感情的终途末路。可是今天,我终于明白了,心碎是什么。我站在原地,感觉到自己的胸腔,一点一点,变得血肉模糊,疼痛无比。

虎子说,高寒,你醒了吧,这个女人是个什么东西,你终于知道了吧。那团堆砌在胸口的血肉似乎终于找到了喷涌的出口,我的拳头狠狠地砸向虎子。我狂怒地吼着,你他妈的给我滚!滚!

然后,我颓然地倒下。樱樱,你赢了,我终于倒下了,你彻底击败了我。此生此世,我将再也不会用我无知的爱去让你觉得痛苦,甚至以这样残忍的方式,来向我告别。没有人可以让我怀疑,你曾经那样爱我,包括你自己,你这个天下最傻的孩子。

高寒离开了我,我搬进了杰的家里。临近毕业的校园飘满了忧伤的气氛,又是樱花烂漫的季节,我的高寒,仿佛空气一样,在我的视线里,永久地消失了。只有夜晚的梦里,他轻轻走来,亲吻我,

恋上我就别想跑

不再纯洁的面庞。他说，宝贝，你还好吗，还好吗？我常常就流着眼泪醒来了，看看身边酣睡的杰，毫无知觉地闭着眼睛。

杰是个好男人，我没有看错他。我没有隐瞒地告诉他我的身世，他怜惜地搂着我："亲爱的，你毕了业，我们马上就结婚。我再也不要你受苦了，我要给你幸福的生活。"

172

这是我要的，从小我就企望的。可是，我不幸福，我一点都没有感觉到幸福。幸福两个字，突然缥缈得如一片春天的云，抓不住了。

大学的最后一天，收拾好简单的行囊，我回了家。杰叩响了我家的门，他和我所谓的妈妈，谈得十分融洽，我知道，杰给了她一笔不小的钱，她把我卖了个好价钱。

我们去登了记，高寒离我越来越远了。

16

毕业的那天，爸爸和司机开车来学校接我。我们把车停在离东 11 楼不远的地方。我看见樱樱，提着小小的行李箱，走了出来。楼下等她的，是矮矮胖胖但看上去很温和的杰。他们路过我们的车子，樱樱当然不会看见，宝马车里，注视着她的我。

她一点都没有变，裸露的小腿依然像洁白的莲藕，干净而美丽。只是，她似乎更瘦了一些，稍稍泛黄的头发，也似乎长长了些。

我想我哭了，因为，那小小的脸依然让我有亲吻的欲望。眼泪顺着嘴角流进来，苦的，像樱樱脆弱的笑容。我的耳边似乎又响起樱樱呜咽般的低语：高寒，如果有一天，我们分开，不是因为不爱，是因为命运。

　　司机把车开出了学校，我最后一次回头：樱樱，祝你幸福，永远。

恋上我

就 别 想跑

思吟

恋上我就别想跑

在那片火树银花中，我仿佛又看见那个穿着红色T恤、旧旧的工装牛仔和蓝色帆布鞋的男孩对着我浅浅地笑。

第一次遇见江城，是七月，在阿杰的家里。那个夏天潮湿而阴郁，我成天无所事事走街串巷地乱游荡。

阿杰说："如果闲得无聊就来店里帮忙，省得你一天到晚了无生气的样子。"

我跳下高椅子，笑笑说："没问题，只要你准备好足够的冷饮和'可爱多'，工钱我可以不要。"然后得意洋洋地从瞪大了眼睛的阿杰身边走过，连蹦带跳。

阿杰待我毕竟是好的，冰柜里的冷饮从来不缺，我要喝的时候绝对不会找不到。

江城来的那天是星期五，晴转多云。

他穿着一件红色的Ｔ恤、旧旧的工装牛仔和蓝色帆布鞋，在灰色的人群中颇为显眼，所以当他站在斑马线的彼端等待车辆停住的时候，我就已经看见他了。

那时我正在梯子上努力地想将《蒙娜丽莎》挂到墙上，突然背后有人说："可以不用挂了。"

我停下来，猛地转过头，居高临下地问："为什么？你说不挂就不挂？你得给我一个合适的理由。"

红衣少年笑了笑，说："因为我要买这幅画，这个理由怎么样？"

我也笑了笑说："听起来好像不错。"

"我觉得不只听起来不错，事实上它确实不错。"

"说得很好。"我边回答边从椅子上跳下来,"可是你大概忘了一件事。"

"哦,说来听听。"

"我并没有答应要把它卖给你,不是吗?"

"画廊从什么时候开始不卖画了?"

"只这幅不卖。"

"为什么?"

本来我打算跟他胡搅蛮缠一通,但在看到阿杰可以杀死人的眼光后决定保命要紧。于是我说:"君子有成人之美,如果你实在喜欢的话,我就忍痛割爱让给你好了。"然后脚底抹油一溜烟地跑得无影无踪。

俗话说得好,不是冤家不聚首。开学后不到一个星期,我和江城又碰面了。平时睡得像吃了安眠药一样,三个闹钟也闹不醒的我,终于因老妈的出差而迟到了。当我一路狂奔到学校时,却惊奇地发现戴着红袖章,板着一张酷脸站在门口守株待兔的纪检人员,就是那个买画的人。正所谓自作孽不可活,我捶胸顿足后悔不已。

我定了定神,再清清嗓子,然后满脸笑容走到江城面前,说:"老兄,你好,咱们又见面了。我知道你喜欢达·芬奇的画,要不这样吧,我和你打个商量,你放我进去别记我名字,我就免费送你达·芬奇的画,你看怎么样?"

江城挑了挑眉，皮笑肉不笑地说："谢谢你了，我知道你也喜欢达·芬奇，再说你说过君子有成人之美，上次我已经小人一回了，这次可不敢再夺人所爱了。"

我顿时气得咬牙切齿，却又毫无反击之力，只好乖乖报上自己的班级姓名，然后在心里发誓此仇不报非"小人"。

第二周星期一，我忐忑不安地踮直脚尖在公告板的"迟到"栏中寻找自己的名字，奇怪的是"众里寻它千百度，蓦然回首，它却不在灯火阑珊处"。我对自己的眼力有绝对的自信，那么惟一的可能就是有人充君子放了我一马。

我心中顿时涌起了万千知恩图报的想法，不过在三秒钟之后，这些想法全部化为了乌有，因为某人拍着我的肩说："你已经有七分零三十九秒的记录了，如果你十分希望榜上有名的话，我相信今后一定会有机会的。"

识时务者为俊杰，我想我应该是俊杰中的俊杰了，因为我识趣地耸了一下肩，便自顾自地闪人了。不过，在经过这件事后，江城和我却莫名其妙地成了臭味相投、惺惺相惜的铁哥们儿，在学校除了上课上厕所之外，我们几乎无时无刻不在一块儿。

在此之后并不算长的时间里我再次惊奇地发现，这位仁兄凭着一副还过得去的皮囊和一手漂亮的三分球以及纪检部长的身份骗取了不少无知少女的芳心，最重要的是，其中竟然有我们班的英

语课代表王源洁。

我想我挖掘到了商机。

从此我不断向王源洁透露有关江城的讯息，以换取不少的好处。我甚至对她说江城喜欢的女生要皮肤白皙、长发飘逸、身材纤细、性格乖巧、小鸟依人，而这正是她那一型的。看着王源洁脸上浮起的红晕，我相信希望的种子已经深深地种到了少女的心底。

那时江城对我的恶行已有所耳闻，但一直听之任之，甚至在走廊上与王源洁不期而遇时还会给她一个意味深长的眼神，大有故作姿态之嫌。私下里我偶尔也打趣说我不反对王源洁做我嫂子，既然郎有情妹有意，我可以做个中间人不收中介费，而江城听后总是用一种很可怕的眼光盯着我，直到我识相地噤声。

年少欢乐的时光总是比兔子溜得还要快，高考之后接踵而来的录取通知书暗示着我们的分离。

九月，江城北上，我西进。他每每来信叙说在哈尔滨的见闻，比如冰冻三尺的河，比如巨型的冰雕，雪白的信纸为我铺开一幅幅销魂的北国风光。在那片火树银花中，我仿佛又看见那个穿着红色T恤、旧旧的工装牛仔和蓝色帆布鞋的男孩对着我浅浅地笑。

有时，江城也会冒出一些不着边际的话："洛，又下雪了，很大片很大片的那种，满天地飞，很漂亮，我想你会喜欢。"

"洛，我的酒量越来越好了，我想等寒假的时候咱们痛快地喝一场。"

"洛，有三个女孩帮我抄笔记：Ａ看上去很美，Ｂ温顺可爱，Ｃ记不清样子，你觉得哪一个比较好？"

"洛，就要放假了，你有没有一点想念我呢？一点点？"

"……"

我隐隐约约地捕捉到了一丝很微妙的东西，说不上来是什么，遂把它归结为江城发神经的多愁善感，也不再多想。

寒假很快就到了，我照例去阿杰那儿看店。

那天是星期六，小雨。江城来的时候我正蹲在地上整理一批刚来的货。天气太冷使我的身体很僵硬，再加上贫血带来的不适，我想起身时打了个趔趄。

江城稳稳地扶住了我，并且趁我眼冒金星还发晕时，紧紧地将我抱在怀里。他的心跳得很快，环绕着我的手臂有些生硬而且微微发抖。

我说："江城，你最好给我一个合适的理由。"

江城说："洛，你别指望我道歉，要么接受，要么打我一巴掌。"

我不按常理出牌，说："你把《蒙娜丽莎》还给我。"然后趁江城发愣之际，一把推开他就往阁楼上跑。可是当我冲到楼梯口时，却发现阿杰在那里偷笑。我大窘，越发逃得快了。

楼下，江城很迷惑地问："洛到底什么意思？"

阿杰回答道:"你只给了她两种选择,A接受你,B扁你,是吗?"

"是啊。"江城仍迷惑不解。

"那她有没有扁你呢?白痴!"

听到他们的谈话,我第一次觉得阿杰不愧是我的表哥,到底还是有点聪明的。

有人说爱情会将人引向死亡,我很胆小,我也很怕死。可是这一次我似乎已经无处可逃了。

挪威森林

橘红五月的未央歌

是谁在敲打我窗？
是谁在撩动琴弦？
那一段被遗忘的时光，
渐渐地回升出我心坎。

13岁 新橘飘香

小遇学会的第一个英语单词是"Orange"，教她的人叫杨舸。

橘园里的橘子长势正好，碧叶层层叠叠，透过夕照，仿佛可以看见汁液正顺着叶脉汩汩流动。青橘悬垂在重重叶影里，表皮微微泛红，仿佛面颊上升腾着一抹绯红的少女。杨舸站在树下，嘟起厚实的唇，皓贝般的牙齿若隐若现："妹妹，我教你英语，这是Orange。"

182

小遇要不是因为留级，就和杨舸一起升初中学英语了。小遇留级是因为她在小学毕业考试时又碰到了那种莫名其妙的关于一边排水一边进水的数学问题。她在考场掰着手指算来算去，因为手指实在不够用，她恨不得求助于脚趾头，当然，到最后她还是没有算清需要多长时间水池里的水才会重新蓄满。

杨舸在镇上的中学住宿，每个周末才能回家一次。

小遇每个星期六都坐在橘园等杨舸回家。那个五月的傍晚，她看见杨舸披着晚霞骑着车向她驶来，因为身高不够，他必须左歪右扭才能将自行车踏板蹬个满环，那费劲的样子活像一只螃蟹。然而小遇还是觉得他看上去像个英雄，那是她的哥哥，别人都没有。

杨舸每次回家都会带点好吃的，有时是一块芝麻糖饼，有时是一串糖水荸荠。这次也不例外，他的书包里装着两个熟透的杨桃。他们站在橘树下吃着。然后，杨舸捏捏树梢已经泛红的新橘，说："妹妹，我教你，这是 Orange。"

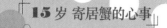

15岁 寄居蟹的心事

　　小遇终于也上初中了,每个周末,她和杨舸一起回家。抄海边的小路,可以早10分钟到家。小遇坐在自行车后座上,海风迎面吹来,杨舸卖力地蹬车,"吭哧、吭哧"地喘气。杨舸把自行车斜摆在海滩上。小遇在海边的礁岩下发现了一只骨骼清奇的海螺,赭黄色的壳体,流畅华丽的螺纹。嗯,真好看,她决定拿回家摆在书桌上。可是,螺壳里还藏着一只寄居蟹。小家伙牢牢地守在螺壳里,大螯挡在螺壳口,一副警惕的样子。小遇用一根水草试探它的螯,被紧紧夹住,她连忙往外拽,试图将它拽出螺壳。但小家伙很聪明,小遇刚一用力,它就立刻机警地将身体缩回去。小遇沮丧地叫道:"讨厌!又不是你家,还赖着不肯走!"

　　一直在旁边浅笑的杨舸顿时灰了脸,他转身,一言不发地扶起自行车,径直往前骑。

　　不一会儿,杨舸将车头一转,又骑回来说:"臭丫头,上车吧。"

　　全家坐在灯光下吃饭。杨舸狼吞虎咽,初具规模的喉结随着吞咽上下滚动。母亲心疼地给他添了一碗饭。小遇这时就想,杨舸将来也一定是个英雄,尽管他不是父母亲生的。杨舸的生父是她父亲的战友。因为那年的中越战争,7岁的杨舸失去了父亲,而后母亲又不辞而别。这家人收留了他,视如己出。大人们都以为7

岁很小,小到还没有形成自己的记忆。只有小遇清楚,其实杨舸在7岁那年就已经有了自己的心事,并且学会了将它放在暗处独自咀嚼。

18 岁 挖青蛤的季节

小遇初中毕业后没有继续读书,她开始帮父亲管理橘园;杨舸考入了重点高中,每个月回家一次。

小遇不会再在橘园等他回家。18 岁的年龄,已经懂得了矜持。

杨舸上高三后,全家也跟着紧张起来,每个月末杨舸回家,母亲都想方设法地给他补充营养。

三月是挖青蛤的季节。青蛤肥硕的身子隐匿在浅滩的泥沙下,它们肉质鲜嫩,营养丰富。杨舸回家那天,小遇决定去挖点青蛤给哥哥吃。

那是傍晚,小遇投入地挖着青蛤,忽略了潮汐涨落的规律。当她直起腰满足地掂量着沉重的布袋时,才发现自己已经走进了海屿深处,潮水悄无声息地淹没了来时的浅滩。她被困在海屿高处,四周海水暗涌,她就像被陷在了孤立无援的海岛上。天黑下来,海水继续上涨,海屿已全部没于水中,她的双腿浸在冰冷的海水里,恐惧向她袭来,她开始低声地抽泣。

19岁 海螺壳里的潮声

杨舸要去北京读大学了。小遇高兴自豪之余，也感到了淡淡的惆怅。在那个挖青蛤的夜里，当杨舸撑着船，像拎一只落水狗一样把瑟瑟发抖的她从海水里拎起来的瞬间，这种莫名的惆怅便开始在她心间萌芽。

杨舸离家前一天，小遇一个人去了海边。她把那个海螺放在浅滩上，里面那只被监禁了太久的寄居蟹终于忍不住跑了出来，潮水像舌头一样将它舔走了。浅滩上，只剩下那只空空的海螺壳。小遇将它捡起，惆怅地叹了口气。这时她的双眼被人蒙住了，这个人身上裹挟着隐隐的橘香。小遇知道他是谁，但她什么也不说——她愿意就这样，在他的双手簇拥下，一直沉默下去。

那天夜里，杨舸把这个海螺壳放进了行李箱。"想家的时候，"他眼睛笑成一条缝，古铜色的皮肤在灯光下微微泛光，"把耳朵贴在海螺壳上，就可以听见潮水的声音。"

20岁 渴望发芽的橘核

小遇每个月都能收到杨舸从北京寄来的信。每当邮差背着墨绿色的邮包驶来，她心中便溢满了希冀。她觉得那个邮包很像杨舸念初中时的书包，里面盛着她的惊喜，有时是一块芝麻糖饼，有

时是一串糖水荸荠，现在，是一封信。

20 岁那年暑假，杨舸回家时带回很多英语书和磁带。他说他准备考 GRE 出国，以后可能会好几年才能回家一次。

小遇整个夏天都有些失魂落魄。杨舸要开学了，她突然意识到自己是渴望永远和他在一起的。她用一个女孩最质朴的方式来表达自己的感情——她花了整整一个下午的时间，将一个 20 岁女孩的心事写在一张纸条里，然后揉成一团，藏在海螺壳中。她看着这个埋种着自己心事的海螺壳，发现自己就像一颗橘核，蛰伏了整个青涩的季节，期待着一场能唤醒自己破土发芽的春雨。

只要杨舸想家，他就会把耳朵贴在这个海螺壳上。小遇想，他一定会发现这个秘密。

送走杨舸，回家的路上下雨了，小遇躲在橘园里避雨。雨水从树叶间滑落，打在她脸上。她望着枝头的橙橘，感到了些微的凉意。

"Orange。"她突然对着胖胖的橘子说。

整个下午她都在淋雨，回家后她开始发烧。半夜，父母将她送进了简陋的小镇卫生所。药水有节奏地滴落着，她躺在锈迹斑驳的病床上，从一个梦境，跌入另一个梦境。

22 岁 未央歌

杨舸毕业了，他回到家乡。那时，他已经拿到了签证。

他在橘园里找到了小遇。他扶正她的双肩，直视着她，轻轻问："为什么你不回我的信？"

小遇沉默地看着他厚实的唇。她知道他一定看见了她藏在海螺壳里的纸条，她也知道他一封接一封的回信里跃动着一颗诚挚的心。而她，只能选择沉默。

他离开前一天，拉着她的手来到沙滩，他们在沙滩上徜徉。良久，他靠着一块礁石，她看见他的唇在嗫嚅而唱："是谁在敲打我窗？是谁在撩动琴弦？那一段被遗忘的时光，渐渐地回升出我心坎……"

她没有听完便转身离去。她怕自己会控制不住泪水，但那支未央歌，却永远徘徊在了她心中。

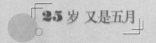

25岁 又是五月

流年偷换。很快又到五月。

一天，在橘园干完活，父亲给小遇看了一封来自大洋彼岸的信，上面写着杨舸的婚期。小遇由衷地为他高兴，这个在海边成长的家庭一直拥有最质朴的爱情观：爱一个人就是要让他幸福，而不是拖累他。这么多年，她和父母一直默默坚守着这个信念和一个秘密。

暮色四合，小遇吃完饭，一个人转悠到了海边。她坐在一块礁石上，面对着浩瀚的海面，绵延不息的海风将她的黑发拂乱，她将

食指置于唇间，然后双手食指和拇指在左胸合成一颗心，左臂在空中画出一道波浪线……是的，她是在用手语说：我爱你，所以我要离开你；请海风带去我的祝福，并捎回你幸福快乐的消息。

不是她刻意学会了沉默，只是失聪的她再也无法诉说——二十岁那年的五月，在杨舸远去的那天夜里，发烧的她在小镇卫生所被注射了过量的链霉素。她失去了听觉，却学会了阅读别人的唇语。曾经的欢喜和哀伤，被缄默成一颗永远无法发芽的橘核，种植在她的记忆里。

17 楼的 VV

2046 年，你会不会跟我走

午后阳光在眼眶中噼啪炸响。她走上去，屏住呼吸，对着他问，嘉年，如果多一张船票，你会不会跟我走？

1

1999年，林白在北京郊区的一所大学念大一，英文系。

一个人穿红格子衬衣，爬到上铺去铺床叠被，很沉默，惟一擅长的是逃课。四年后有一名报刊记者来采访她，林白很无辜地摊摊手，我一直憎恶刻板的学习，至今矢志不渝。

没有什么可感觉羞耻的。

她只是选择了另外一条路，没有太多人同行，过程中虽伴随野草荆棘，但一样有旁人难以窥得的人间顶好风光；更为重要的是，林白最终亦抵达了罗马。

她没有被循规蹈矩的同龄人甩下一截，所以过程中的一切恣意妄为，皆可忽略。

是的。倘使年月可以重来，林白亦绝不后悔自己是如何散淡而寂静地挥霍掉1999年最后的时光。

她出现在课堂的几率像彗星一般稀少，只除了出席每科的考试。

剩余时间用来学歌、读诗、看电影，除此之外，没有做任何别的事情，亦不打算认识任何别的人。

中午的时候坐在图书馆的台阶上，北方炽烈的阳光将石阶晒得微微发烫。戴上耳机，快进、倒退、暂停，一字一句，反反复复学磁带里转出的声音。

日头西沉的傍晚，她捧一本席慕容的书，站在幽暗寂静的长廊里，来来回回地背诵，"如何让你遇见我，美丽的时候"。有紫色藤萝在风里像雨点沙沙掉落。

6点30分，林白会准时出现在礼堂门前，买一张票，手里举一只"可爱多"冰激凌，无限欢喜地走进漆黑空旷的电影场。

五块钱看两场。最少的时候，整个礼堂只坐下了7个人，林白与为某人庆祝生日的男生宿舍的六名成员。

他们在她身后窃窃私语。她换了一个更远的位子，将整个人置身于黑暗中。小小的屏幕前，弥漫出微白的光。她眯着眼睛看，有细弱的尘埃飞舞。

光阴之外的孤岛，无限寂静，但又无限丰盈，和一切现实喧嚣无关。巧克力融化在舌尖，台词一段一段，爱情是永恒的主题。所有人的脸，像雪花簌簌洒落，然后消融。

2.

2000年还有一周就要到来的时候，林白有一点点生气。

她看到公告栏上贴出的大红告示：为庆祝元旦，特举办校园歌手大赛，地点在学校礼堂，所以取消当日的电影。

那她晚上不是没地方可去？林白皱紧了眉。

有什么了不起的。她也攒足了一股气，排着队去学校的广播站报名。

她站在台上唱了一首大家都很陌生的英文歌。Do you remember, the things we used to say, I feel nervous, when I think of yesterday。

唱完的时候，场下很安静，林白预备转身走的时候，突然听到周遭像打碎了一只热水瓶，有铺天盖地的掌声向她涌过来。

有一个男孩子在后台拦住她。灯光很暗，她仰起脸也只看到他轮廓的反光。他说以后和我们一起唱歌吧。

林白撇一下嘴，为什么？

别忘了，"小红莓"也是一支乐队。我们有吉他、贝司和鼓手，我们缺一名女歌手。

说完了，他把他的手伸过来，我是周嘉年。我相信我们以后一定会合作愉快。

他的手掌大而且热，林白的指间被微微地烫伤，拿了第二名的欢喜荡然无存。她缩回手，赶紧握起自己的拳头，突然觉得心里很仓皇。

3

他们在学校附近的酒吧驻唱。四人乐队，顾朗生、苏暮、林白，还有周嘉年。

名字可不叫"小草莓"，而叫"刺猬"。

但唱的第一首歌还是那支"小红莓"的《Dying in The Sun》。林白的声音经过训练，已经更清澈飘渺。她对着身边弹吉他的周嘉年唱：Will you hold on to me, I am feeling frail, will you hold on to me, will never fail。突然就唱红了脸。

"刺猬"赚来的第一笔钱，给林白过了一个声势浩大的生日。

他们在入夜后的图书馆前搭起舞台。三个男生唱魔岩，唱唐朝，唱 Beyond，像一场露天的演唱会。

身边聚拢的人越来越多，最后是周嘉年举着话筒唱郑钧的《灰姑娘》，"怎么会爱上你？我在问自己。"

唱完他大声地说，祝我们亲爱的林白，生日快乐。

那么多的人，拍着手围在她的周围唱"生日快乐"。林白抬头，看见满天闪亮的星，可是周嘉年的眼睛，比星星还要亮。如果周嘉年的祝福里可以删去一个字，那该有多好。

她隔着台阶与人群怔怔地看着他，不知是该哭还是该笑。最后，她终于还是大声地笑出来。因为一分钟后，她已经被周嘉年拖着手飞快地往校门外跑，后面追着成群出动的"保安"。

林白想，如果这样一直跑，永远不要停该有多好。我们多像一对亡命鸳鸯。

4

已经是 2000 年的 10 月了。林白的生日刚过去，"刺猬"乐队的

四个人就被召集到学生处。因为在校园里聚众骚扰，差点每人记一次大过。

事情得以回旋是主管老师慢条斯理施舍的恩泽，除非，你们在校际音乐大赛上，为学校争光归来。

比赛的前天晚上，林白和嘉年在礼堂里看电影。他买了一支"可爱多"冰激凌递给她；手里再抓住一支，等她吃完，再递给她。

194

他们的另外一只手，用来和彼此紧紧相握，就像在那个狂奔的生日的夜里，他始终扣住她的手，指掌交接处有热度呼呼窜向心脏。林白的呼吸突然变得好困难，心跳声也变得粘稠而缓慢。

电影的名字又美又应景。《花样年华》，英文的翻译是 In The Mood for Love。沉在爱情里面。买票的时候，林白看了一眼嘉年，她和他也沉在爱情里面呢，在各自的花样年华。

可是故事却是一个悲剧。周慕云与苏丽珍，音乐声像用手翻开发黄的书页，他隐痛的眼神与她旗袍的裙角，是冰冷而锐利的刀尖，划过彼此静默的渴望，凝滞在了岁月的尾梢。她给了他接近的机会，他没有靠近。她低着头，转身走了。那一夜下了大雨，雨水也是泪水。他在最后的时刻问她："如果多一张船票，你会不会跟我走？"问完后，她沉默地坐在空旷寂寞的房间里，像亘古如一的姿势。他掩了门离去。

林白转过身孩子气地问周嘉年，如果多一张船票，你会不会跟我走？

他笑着敲她的脑袋,然后将她缓缓地搂入怀中。

5

唱片公司来找"刺猬"的时候,他们刚好第三次捧起了校际音乐的奖杯。2002 年的 10 月,朗生和苏暮很雀跃,但林白坚决反对。

她不想签约。她过惯了自由自在的生活,不想自此被人约束,唱不喜欢的歌,说不想说的话,接受古怪的包装,赶赴一个又一个演出,对讨厌的人强颜欢笑。

她没有说出最私心的恐惧:她和嘉年就快毕业。他们说好要一起留在一个城市,找一份安稳的工作,然后结婚、生子,像每一对平常恩爱的夫妻。

她的要求没有那么多,与他幸福淡暖的厮守生活,亦胜过最绚烂的镁光灯和全世界人的尖叫。

她紧紧地握牢他的手,她说,嘉年,我反对。明天是答复的最后期限,我们不要去,好不好?

她把头埋进他的怀里,闷闷地发出细碎的哭泣,嘉年,我从来没有像此刻这样害怕。你答应我,好不好?

他点点头,抱紧她。

可是第二日的中午,林白找不到嘉年了。她一遍一遍地打手机给他,听里面的小姐一遍又一遍地说,对不起,您所拨打的用户

已停机。她终于慢慢地安静下来。

她站在唱片公司的大楼等待，终于看到走出来的三个人，朗生和苏暮，另外一个人，便是周嘉年。

她的眼睛很痛，但她使劲地咬着嘴唇，怕自己的眼睛里会控制不住地下起倾盆大雨。她走上去轻轻地问他，嘉年，如果多一张船票，你会不会跟我走？

毕业的时候，林白找了一份和专业毫无关联的工作。她在一家 IT 企业，做总裁的特别助理。

无非是一些闲杂人事与日程安排。她的时间像被裁剪成一段一段，每一段都过得无比缓慢而艰难。

有扑面而来的工作尚好，下班后独自一人慢慢走回家里，面对着不知所云的电视机，坐到天黑，坐到天亮，流年像她镜子里的一张脸，都是墙角静默的苔藓。

她又开始恢复大学起初的习惯，每日租两部片子来看。有一天，她看到了同一个导演的另外一部片子，名字叫做《东邪西毒》，翻译却风马牛不相及，Ashes of Time，"时间的灰烬"。

可是她看完的时候，突然觉得心里有风空荡荡地穿行。用被子使劲地把自己裹起来，却还是觉得冷。

原来爱情只是留在心里的话没有说出口，时间长久了，就变成了灰烬。

就像她的心里，落满了灰烬。

林白开始写影评，然后是娱乐性质的杂文。

她的文章渐渐小有名气，在一些杂志刊登了专栏；也开始有慕名的记者会给她发采访函。

2004 年 2 月，羽翼丰满。林白出版了自己的一本文集，然后她跳槽去上海，成为一家知名报刊的副刊编辑。

老总赞赏林白的音乐功底和电影阅历。她有时候写影评，有时候写碟评，有时候去参加一场新闻发布会，也有时候会举着话筒出去采访别人。

生活成为另外一种形式的身不由己。

5 月起，她的选题是王菲和王家卫。

王菲 2004 年的"菲比寻常"演唱会。王家卫终于出炉的《2046》进军戛纳。

5 月 21 日，上海下起大雨。林白是鸦黑人群中的一名，在虹桥体育馆，看身穿黑衣的王菲自舞台缓缓升起。她的演唱会向来没有噱头，只一个人唱，唱完再唱。结束了便走。

露天场地被雨打滑,王菲几乎跌倒。但周遭气氛却是极好,千万人挥舞着手臂或荧光棒,同她一起低吟浅唱。

林白很安静。她只是过来体验素材,她的耳朵里塞的是王菲最新的 CD。

她并没有听过很多王菲的歌,起初是不屑,后来是不敢。因为谁都知道,王菲的腔调唱词,最初模仿的,正是"小红莓"。

她也曾是将"小红莓"的歌声唱得惟妙惟肖的人,但如今她不想被任何一样方式来提醒。她宁愿她从来不曾如此。

她在隔日版面上将王菲的演唱会如实记述,最后评点她的新专辑。她写:不是《将爱》,不是《旋木》,我最爱的,是其中的一首《空城》。

歌词写得多么好。歌词是羽翼,曲调是灵魂,惟有如此,才能飞翔。

王菲一脸冷漠地唱:以为爱是天梯,沿着它的方向,我只看到玻璃鞋子。花样繁复,伤心是惟一的造物。

亦是当日,《2046》撩开神秘面纱。戛纳首映现场,有影评人和世界各地的记者。

比之《2046》能否得奖,林白更关心内容的本身。因她一直听说,《2046》是《花样年华》的延续。分崩离析的周慕云、苏丽珍,还有机会,在另外的时空交错处,破镜重圆。

可是她没有等到,苏丽珍也没有等到。

2046 年,沧海桑田。周慕云变成了旅馆里的作家,和一名妓女纠缠。苏丽珍的全部戏分,只剩屏幕上一消逝的背影,连脸容都模糊不清。

8.

2004 年 6 月,林白参加某新片发布的记者会。男主角是一名新人,镁光灯下十分从容,穿一件干干净净白 T 恤,做一记 V 字的庆祝手势。笑容灿烂,牙齿洁白。

有人向他提问:周先生,据说你原来身份是名歌手,怎么转行当起演员?

不是转行。音乐我并未放弃,但我亦想尝试丰富的人生,接受多种挑战。

又有人问,该片已杀青,你下一步有何打算?

公司已替我安排得很满,有新专辑要出,也有接下几部别的戏。届时还希望大家多多捧场。

有圈中老大姐设一陷阱给他:工作这么忙,是否因此无暇兼顾女朋友?

呵,所幸我一直都没有女朋友。近几年会专注事业,感情之类,以后再谈。

虽是新人,亦不过是指新出现在众人面前而已。算起来,他入

行也已经一年半。

一年多里，他的发展虽不至炙手可热，但还算步步稳妥。林白的笔记本里有他详细切实的资料记载，包括他参加模特大赛，参加某电视台的新人选拔赛，亦竞选过某网站的形象大使。起初神态举止都还青涩，如今却已圆熟精明。

可是她突然觉得她对他这样陌生。

她的面孔，隐没在许多只话筒与摄像机里面。她终于没有提问，转身离开。

这是她等待许久的他与她的戏分，没有破镜重圆，也只剩余她这一只枯萎的背影。

2002年，午后阳光在眼眶中噼啪炸响。她走上去，屏住呼吸，对着他问，嘉年，如果多一张船票，你会不会跟我走？

他看着她，他的目光婉转疼痛。但是他终于回答她说，林白，我现在已经回不了头了。对不起，我不能。

他着急地扯回她离开的背影，她从未看到过他这样哀求的神情：但是林白，请你等我，请你等我。

等你做什么呢？等到何时呢？林白在6月的大雨里，轻轻地笑起来，2046，一无所获。就像最初的歌里唱的那样：Like dying in the sun, like dying in the sun, like dying.

阿若

光花流年里坠落的忧伤

格格对李瑶不屑的眼光让我很激动，我不顾一切地开始欣赏她——她有些发横的挑眉、刚硬直立的碎发，甚至是一双灰色的跑鞋。

刚升入中学的我很快乐，虽然长着一副娃娃脸的唐城总在耳旁恬不知耻地说，湄子，你要记得哦，你已经欠我五枝钢笔、六块橡皮，还有巧克力、炸薯条……你什么时候还啊？我嘻嘻地笑，一定要还吗？那你就等着吧，等我抓了大奖啊……

那时候的唐城也很快乐，每天会带一些我爱吃的零食还有我喜欢的卡通，然后装出一副可怜巴巴的样子说："湄子，求求你吃吧，求求你看吧，求求你不要再拧我的耳朵踩我的小脚丫啊！"

"可是我还不了啊，算了，还是不要了，免得老欠你的！"我狠狠地瞅一眼那些宝贝，然后风轻云淡地说。

"你放心吧，我不会要你还，只要你保证能考上市一中，我一定会奖赏你的！"我叹口气毫不客气地开始"扫荡"，然后对着唐城亮亮的眼睛傻笑。

我一直不明白，为什么唐城总是要定一个长长的约定，比如等我们18岁时，我们再比比谁的集邮册厚；等上高中后，我们会很忙，没时间说话，想说话时就写给对方……直到发榜的那天我才明白，原来小小年纪的他已经学会计划。一如往常位列榜首的唐城写了第一封信给我：湄子，我要转学了，转到市一中，爸爸说那里的教育先进一些，记得以后给我写信哦！我愣了愣就有些不知所措，一转眼眼泪就掉了下来，优秀的唐城要离开我了！

初二的记忆中只有唐城给我们的来信，那是一封问候大家的信，班长李瑶晃着小辫子在讲台上给我们读，说他那里很好，学校里有许多新奇的东西，他开始学习电脑了，挺忙！希望大家好好学习，两年后一中见。然后问李瑶最近好不好，提醒胖胖少吃，然后再问湄子是不是还很快乐……听到李瑶嘴里吐出湄子两个字时，我的心轻轻跳了起来，可是，李瑶的名字在我之前，原来李瑶也很快乐。莫名其妙心里有些不快乐，可年幼那些小小的悸动转眼间就被嘻嘻的笑声代替。

唐城的信越来越少了，李瑶一副了然的表情说，他很忙的，他功课很多！我咬咬指头提醒自己该好好背英语，复习数学了。

李瑶总是高高在上地站在讲台上喊："湄子，就剩你的作业了，还不快点！"我瞪了她一眼，继续听孙燕姿的《风筝》。"湄子，你还想不想上一中？"李瑶总会使出杀手锏，我耷拉着脑袋开始找作业，然后交上去，身后是哈哈的哄笑声。我想我是多么讨厌李瑶，那个已经学会对男生含情脉脉、对女生不可一世的班长，每一次我们的斗争总是以我的失败告终，因为她知道，我必须要读市一中。而且，她和唐城是表兄妹。于是有关唐城的事，总是陆陆续续从她的口中传出，班里很多人似乎和我一样好奇地关注着唐城的一切，或者他实在太优秀吧！他仍然是学校第一名，仍然很努力，只是他爸妈好像在闹离婚……李瑶摇摇头不再说下去，我开始想那唐城怎么办？他一定不会快乐了？想到这里，忍不住给他开始写信：唐城，你还好吗？我很想念你……不能这样写！应该是"我们很想念你！"还不行，那后面要写谁的名字啊？我忽然有些悻气，将信纸撕成碎

恋上我就别想跑

片，为什么要写信给他啊？！我有些恨自己。

我开始写日记还有周记。日记是留给自己的，周记是交给老师的。从每天太阳刚升起写到太阳落下，还有一些关于夕阳关于回家的文字，老师说写得不错，很有意境。于是初三时我就成了板报负责人，我开始边画边写，很多时候，我想写信告诉唐城，我也很努力，可是想到他很久没来信，便作罢。

204

格格就是在这个时候转到我们班的，学校里关于她的传言很多，我听到最多的，是她父母离婚的闲言碎语，可我看得出，她是个很坚强的女生。

格格对李瑶不屑的眼光让我很激动，我不顾一切地开始欣赏她——她有些发横的挑眉、刚硬直立的碎发，甚至是一双灰色的跑鞋。为了让她注意到我，我开始找各种借口参加运动会，皇天不负有心人，在学期末的越野比赛中，我拿到了梦寐以求的第二名，当然，第一名是格格。领奖那天，我呲着牙傻乎乎地对着格格笑，格格细细的眼睛把我从上到下扫视一番后说："才得个第二名就不知道怎么笑了，你要得了第一那还不得进精神病院！"我并没有生气，谁让我欣赏她，包括这种对什么都冷漠的性格呢！

放学时，我开始主动帮格格收拾书包，然后等她打完篮球再一起回家。第一次，格格横着眼睛，不屑地抓起书包，"如果你有什么企图，我劝你趁早罢休。"然后转身就走。我在后面流了一些无谓的"七喜"泪水后，告诉自己这个朋友我交定了！第二次，格格有些迷茫地看着我说："你究竟有什么目的？"我还是那种傻傻的笑，然后有些紧张地说："我希望能成为你的朋友。"格格竟然还是没有理我，一个人迈开大步离开，我却不再忧伤，我知道那一刻，格格是真实的；到了第三次，格格那天早早就回到教室，看我的眼神竟然有些温柔，她二话不说抓起书包就走，转身的一刹那，我发现她的眼睛发亮，我愣着神看她又一如既往离开时，走到门口的格格却转过身来说："还不回家，等什么！"我又咧开嘴开始傻笑。

我简简单单的故事写进了可以和格格分享的日记里，看完日记的格格有些出奇地平静，她摸着我的头发喊我傻丫头，那一刻，我忽然有些伤心。

格格经常替我教训李瑶，帮我打听唐城的消息，甚至没过几天，她竟然疯狂地给唐城写了一封信！我不知道信的内容，格格说这要保密，我再怎么脸皮厚也是不好意思追问的。只是很惊讶格格居然真的收到了唐城的信！格格是个会创造许多传奇的人，我在对她佩服得五体投地的同时，心里有些酸酸的东西扩散开。

我和格格的目标很快就达成一致，向一中奋进！我想，这之中是跟唐城有很大关系的，只是我没有勇气说出来。

毕业的忙碌很快就把我和格格吞没，格格仍然会矫健地从操场跃过，而我总是坐在那个高高的台阶上，目光会从格格跑跃的身影中漫过，飘得很远。有一次，格格走到我的眼前时，我还沉迷在

恋上我 **就** **别** 想跑

自己的幻想中，直到我长长叹出一口气收回目光，才发现她像个妖精一样，带着一副别有用心的样子注视着我，就在那一刻，我的脸竟然毫无预兆地烫了起来。

"你干什么？跟鬼一样！"我慌乱地说。

"湄子，你，在想唐城吗？"格格紧盯着我发红的脸。

"没有啊！"我转过头，拿起手边的英语课本，拍拍书上的灰尘，准备离开。格格却一把扯住我的衣角，"湄子，你骗不了我的！你说说他究竟有什么好？都两年了，你竟然还没有忘记他！"我的眼眶忽然就有些潮湿，两年——长吗？是啊，为什么我竟然还没有忘记他，而且好像并没有准备要忘记他。"格格，你不明白的，我觉得他是一个梦，离我总是很远却时时左右着我的思绪，我没想过要忘记他，从来没有。"

格格站起来，第一次有些温暖地说："湄子，我明白的。只是，我想你没必要刻意地保留什么，因为，他已经不是原来的他了！"我吃惊地看着格格，那么，他们还在通信吧？要不然她怎么像说一个熟悉的朋友一般轻淡了然。"你不用这么看着我，我是知道一些他的情况，我只是告诉你，唐城已经是你记忆中的人了，把他放在心底，先去努力学习，好吗？"我无措地点点头，我一直很努力的，因为我总是提醒自己，唐城说过，我们一中见！我不知道借不借助唐城来努力于我有什么不同。

李瑶见了我开始像见了鬼一样逃之夭夭，就是作业不及时上交她也会耐心地等，这都是格格的功劳。刚开始我总是陶醉在这种快乐中，看着李瑶张皇地从我身边走过，我会眯着眼睛张狂地笑。可最近，我忽然觉得无聊。

　　惶恐的 6 月到来时，格格和我开始着急起来，我们都知道，一中的分数线向来是全市最高的，稍有疏忽，我们就可能与之擦肩而过。我们开始收起所有计划内计划外的逃课安排，投入到紧张的学习中。

　　以前驰骋在运动场上生机勃勃进了教室却睡眼蒙眬的格格，现在却一概谢绝周公的骚扰，上课时一副宁静投入的样子，眼睛里的光芒毫不掩饰。格格比我想像中的更优秀，我想，如果她愿意，没有什么她做不到的事！

　　上完最后一节化学课时，李瑶代表老师布置了最后一次作业，我第一次发现，李瑶不知什么时候竟然变得美丽可人，长长的秀发柔顺地披在肩头，说话的神态也没了往日的跋扈。我又想到唐城，不知道他现在是什么样子了！

　　下午放学时，我和格格复习到很晚才回家，路上的灯光将我们的影子拉得很长，气氛恍然间变得有些忧伤。

　　"格格，你说我们能考上吗？"我有气无力地问。

　　"应该没问题吧！无论如何，我们已经努力了，不要太在乎结果。"格格也有些茫然。

　　"你们一定能考上的！"身后突然传来一个声音，吓我们一跳，

恋上我就别想跑

转过身，发现李瑶拎着书包站在后面。我和格格交换了一个莫名其妙的眼神，然后盯着李瑶。"哦，我是等你们俩的，没想到你们这么晚才回家。"

"有什么事吗？"我的声音竟然出奇地平静。

"没什么，我只是……只是想问问你们，唐城最近给你们写信了没有？他很久没跟我联系了，我只是听说他父母离了婚，他很伤心……"格格不客气地说："我们怎么会知道？他和我们又不熟。"格格拉起我要走时，李瑶急急地冒出一句："可你们……"不等她说完，格格就打断了她，"你不要再说了……要是想知道，你考上一中，见到他后，不就一切都明白了吗？"说后面这句话时，我感觉到格格拉我的手有些颤抖，而且说话的口气有种明显的无奈，或者我们都有些不知所措吧！唐城，那个梦幻般的名字又在我的耳边响起时，才发现心底那丝没来由的疼痛一直存在。

女孩子的心思果然难猜，李瑶莫名其妙竟然对我们热情了许多，经常会加入到我和格格中间讨论功课，毕业在即，谁都不再拒绝别人的目光，甚至心底里都留出一个角落供分离的惆怅来挥霍。这时的李瑶，很容易就成了我们的朋友。

选择报考学校时，我和格格、李瑶很有默契地选择了一中。尽管我们表面上都似乎遗忘了唐城，谁都不再提起那个名字，可事实上，我们彼此都很清楚，我们都在为那个名字默默祈祷着。

毕业考试结束后，我们三个坐在校园后面的天台上，说唐城那时如何聪明,有多少糗事。我们都哈哈大笑,然后伸着瘦瘦的胳膊大声唱串词的歌,那些快乐、不快乐的往事就像青春的云雾一样,飘飘忽忽地走远……

李瑶在阳台下喊我时,我正在画一幅画,画上的男孩挺拔地站在我的眼前时,我的眼里一片湿润——那是我心目中已经长大的唐城。

我擦一把眼睛后跑到阳台上,阳光有些刺眼,我看到李瑶手里摇着闪光的东西,我飞快地跑下楼,看到两个录取通知书,没错,全是一中的,我和格格考上了一中!我的心如琴弦般欢快地跳跃起来。

"祝贺你们!"李瑶倩笑如兮。

"同喜同喜!你的呢?"我接过通知书。

"我——我上了二中!"李瑶长出一口气,声音很轻也很平静,"放心吧,想你们时,我会去看你们的,我们离得并不远。"李瑶转身时给我的笑脸上泪痕点点。我追上她,不等她反应过来,就抱住她,在她耳旁道声:"保重!"我感觉得到她压抑的抽泣声。

我和格格如愿以偿进了一中。

我们恍惚地站在校门口时,我说:"如果唐城这时候从身旁路过,我们还能不能相识?"格格的声音出奇地冰冷:"不会!"说完就拉着我走。我们忙着分班、领书,但我对于校门口邂逅仍然背着格格一个人奢望。

恋上我就别想跑

209

分班时，格格分在一班，我在三班。放学时等格格不见，我便跑到一班的教室门口张望，竟然发现那个似曾相识的身影，就我愣神的时候，格格从教室里飞出来，扯着我的书包就走。我有些委屈地嘟着嘴，格格终于停住，叹口气说："没错，他和我在一班，我也是刚才知道的！"我低头不语，我想他们的确很有缘！

第一次面对面见到唐城，是在开学的第三周。

周末大扫除，我们全体新生打扫操场，格格跑过来要我帮她打扫，她家里有点事。我当然义不容辞，只是忽然想起，格格很少告诉我她家里的事，可这时候却是无从问起的。我加入到一班的大扫除中，眼睛不自然就去找那个让我千回百转的身影，三年没见，他长得好高，头发微长，不过脸上早已没有了稚气，相反还有些冷漠，那冷漠却似曾相识——像格格！我正迷离在那个神色中，他转过身，直直盯着我的眼睛，我赶紧脸红心跳地转过头，可是，已经来不及了！

"你……你是湄子！我听格格说你在三班，可是一直不方便去打扰你，没想到今天碰到。这几年，你还好吧？"唐城说话的声音没有丝毫起伏。

"还好，见到你很高兴。"虽然心里有点委屈，可毕竟，他能主动打招呼，我已经很知足了！

"那么，放学后请你喝咖啡，好吗？"他竟然会主动提出……我慌乱地点头，心里似乎揣着一只小兔子。

我曾经无数次徘徊在校门口等待唐城出现,没想到,今天他却实实在在站在我面前,我有些不可置信地用手掐掐自己的胳膊——不是做梦。

我们坐在那间咖啡屋里,里面的光线有些幽暗,脸庞发烧的我有些庆幸。坐在对面的唐城却仍是一副波澜不惊的样子,"李瑶怎么进二中了? 我原以为她也会上一中的,我们都好久没见了!"

我点头,想到李瑶曾经说他父母离婚的事,忍不住问了出来。我看到唐城的脸色有片刻的忧郁,"离了已经一年多了,他们已经没有感情,甚至道路以目,不分开三个人都痛苦。"唐城的声音依然平静,我想他有多少难言的苦楚啊! 我有些酸涩,三年长长的守候此时也不知从何说起,只是木讷地问:"你还好吧?"

"还行,我跟爸爸过。他帮我又找了后妈,算不上幸福也算不上痛苦,反正以后我总会离开的。"我抬头,看到唐城的眼神一如既往地明亮,恍惚间感觉他好像从不曾离开过,心底的话竟然冲口而出:"唐城,你知道吗? 我努力了三年,就因为你曾经说过,我们在一中见!"唐城有些发呆,轻轻一笑却说:"我以前经常听格格说起你,格格的好朋友很少,我看得出只有你能让她快乐。湄子,你也长大了!"我的心跳似乎还不完整,就被他轻轻绕开。他提到格格的语气让我有些莫名的惊慌,他们……唉,他这么关心格格,他们之间自然已经有了千丝万缕的关系了吧? 可他对我竟然如此回避!

那天晚上,我的日记写得很长,唐城的影子从迷离的灯光里斑

斑驳驳地扩散出,发散在我能呼吸到的空间里……

第二天上课后,我看到课本里面的小纸条,我的心又开始急速跳动,那张薄薄的纸就像我的一张命运符,我在手里捏了四节课。终于等到放学,我忐忑不安地看着周围,确保没有人看到我的慌乱才松口气,看来是我多心了!急急地收拾好书包,顾不得理会班委的叫嚣就跑了。

夕阳西下时,校园后操场一片静谧,我找到属于自己的小角落,轻轻打开已经揉得潮湿的纸条,上面的字写得很稀薄,像唐城看我时的眼神,我心里一紧,赶快看下去:湄子,如果我曾经说过什么或者做过什么,我向你表示抱歉,因为我真的不记得了!

我将腿高高跷过树枝,心情和夕阳一样忧伤,原来他真的已经不记得了……

我开始逃避唐城的目光,甚至不再接近一班。格格追问原因时,我说太忙。

周末接到李瑶的电话,我们约定在阳光广场见。

我和格格到广场时,远远就看见李瑶站在广场一角的茶坊旁,身边有一个高大的身影——我当然认识,是唐城!我的心有些刺痛。看得出他们聊得很开心,只是我们走到跟前时,唐城却告辞说有事先走了。我看到李瑶笑靥如花,也看到唐城临走时递给格格的复杂眼神,我突然感觉自己像个小丑,什么都不明白。李瑶和格格似乎一直高高在上，看着我迷惘，看着我沉迷，看着我悲哀，而我仍然不思悔改！

三个人坐在一起时，似乎各怀鬼胎。我使劲地吮吸着杯中的冰红茶，不理会她们的谈论，直到格格终于发现我的异常，一如往常用手扯我头发时，我终于不堪忍受。

"别碰我！亏我还把你们当朋友，你们竟……"我的眼泪终于忍不住纷纷落了下来。

"湄子，你别误会，我们并没有要隐瞒你什么，只是，只是我有苦衷。"格格的眼睛也有些湿润。李瑶在一旁拉着我们的手，"索性都说了吧，格格！湄子有理由委屈的，她不知道你和唐城的关系。"我的心狠狠地抽痛了一下，我果然猜得不错，格格和唐城是有关系的，我算什么呢？格格是我最好的朋友啊，我怎么能有不愿，尽管她很早就知道我对唐城的点点滴滴。

"湄子，你……不要想歪了，我和唐城其实并不算什么关系，要说有关系，那就是我曾经很恨他，因为他的爸爸夺走了我的妈妈，不错，我转到那个学校就是因为父母离婚。那时我写信给他是因为我明白你想着他，我根本不知道他竟是妈妈的后子，直到后来无意中发现，于是和他约定，坚决反对父母离婚，挽救我们各自的家。可后来，唐城竟然支持父母离婚，而且还来说服我，我很恨他，觉得他背叛了我们当初的约定，他却从来不怪我，而且一直在默默关心我。前些天，爸爸也给我找了新妈，妈妈来祝贺他，我看到她的笑

脸那么平静幸福，那一刻，我忽然觉得我不该恨任何人，他们有权利选择他们的生活！李瑶说得对，我对唐城是不公平的，他是个无可挑剔的哥哥，是不是？湄子，你不要怪我，当初我一直劝你放弃唐城，可能比较自私，但我真的不想让你伤心，唐城太早熟了，你太单纯，我怕你受到伤害！"格格长出一口气。

214

我震惊地看着她，这些情节大多是出现在电影、电视里的，可今天竟然发生在我的身边！还有，格格说得没错，唐城或者只是我初恋的红风筝，我的线太短，恐怕是牵不住他的。悬了三年的心似乎就在这些眼泪里纷纷掉落，我抬起头看着她们笑，才发现，李瑶和格格竟然都泪湿脸庞。

星期一午休时，格格远远跑过来说："湄子，陪我去给哥哥买件礼物，明天他生日。"哥哥？我愣了一下，看到格格娇羞的脸庞，才想到是唐城。格格今天像变了个人，竟然穿了一双低跟的粉皮鞋，衣服上佩着细细的流苏，笑脸温馨怡人。

唐城生日时，我和李瑶也收到了邀请。

唐城的确是个不错的哥哥，不但烧了一桌子好菜，还买来格格爱吃的草莓派，李瑶爱吃的奶昔，当然还有我爱吃的炸薯条。四个人就那样无拘无束地疯狂着，尤其是格格，我从没看到过她这般娇柔可人过，喊哥哥时甜蜜而幸福。

回家时，唐城主动要送我，我看到格格和李瑶在一旁笑得花枝乱颤，我狠狠地瞪她们一眼，和唐城离开。

夜色如水，深秋的路旁，树枝已有些憔悴的醉意，粗粗的枝舒展而张狂。我们都不说话，偶尔相视一笑，似乎已了然彼此。到家门口时，唐城轻轻地帮我拉了拉衣服，说："湄子，给我们多点时间，我们的路还长，爱情也许离我们很遥远，让我们顺其自然，好吗？你和格格，还有李瑶，现在都是我关心的妹妹，让我们一起快乐地成长，这就已经足够，好吗？

我重重地点头，然后转身，再回头，给他一个傻傻的笑脸——那是他熟悉的笑脸，我想唐城明白的——我是快乐的。

我们的心事像七月流火一般消逝着，流年、青春还有共舞的快乐、忧伤……

Judge

只在最美的时候遇见你

排在我前面的是一个穿着绿色短裙的女孩，扎着一束很松的马尾辫，发梢还微微地翘起来，形成一个跳动的形状。

1

　　小时候很喜欢画画,别的孩子在外面玩得连家都不回的时候,我却常常足不出户,一张接一张地画着,之后在卧室的墙上贴了满满一墙。时间久了,父亲怂恿我去正正规规好好学一学,偏偏自己又不愿出门,所以始终也只算是业余爱好。如此过了好多年,高中毕业了,忽然心血来潮,要进一回学堂。

　　假期里学校是有美术培训班的。那天天气很好,我站在报名处的门口排队。上这个班的大多是些很稚嫩的面孔,我猜想那可能都是些中学生,一定多半是被爹妈胁迫来的,我悲天悯人地想着。队伍不算太长,排在我前面的是一个穿着绿色短裙的女孩,扎着一束很松的马尾辫,发梢还微微地翘起来,形成一个跳动的形状。快轮到我的时候,人开始多了起来,几个不听话的家伙在身后使劲往前挤。报名处的门口有一级高高的台阶,上面横着一张桌子,要签名报到还必须走上台阶才行。当那个女孩上去交报名表的时候,她的头发就开始在我的面前晃来晃去,更糟的是有几根头发似乎钻进了我的鼻孔里,几乎让我忍不住要打喷嚏,不过好在还是忍住了;但是我马上发现这样更糟糕,鼻子里涩涩的,实在难受。恼怒之下,便将面前那几根害人的头发使劲地扯了一把。

　　"哎哟!"头发的主人大声叫着回过头来狠狠地瞪着我。那是一张俏丽的小脸,红红的两颊因为生气而鼓得圆圆的,那对大而闪

亮的眼睛令我心情更加紧张起来，我似乎在那对黑黑的瞳孔中看到了自己张皇的神情。几秒钟过后，眼睛的主人又笑了，因为它们把我困窘地揉着鼻子的模样准确地报告了回去。

"对不起，我不是故意的。"当时我并没有听明白这句话。那嘴唇红润而小巧，牙齿一粒粒整齐地排在中间，半掩半露，如红榴初绽。我出神地想着能作这样比喻的古人真是天才。

"对不起，我不是故意的。"嘴唇的主人一边重复道，一边把头发挽到前面去。

"噢，对不起，可我是故意的。"我如梦初醒，尴尬地说道。那张小嘴动了动，想要说什么，但终于没有出声，不过我看到，那双乌黑的眼睛给了我一个宽容的微笑。

她把表格递了进去，转身离开了，也带走了我的视线。在我的周围，飘散开了一阵淡淡的茉莉花香。

"笃笃笃！"老师在前面使劲地敲着桌子。我回过头去找那张报名表，它已经整齐地叠在最上面，可是被压上了一只墨水瓶。我只看到了后面两个清秀的字：小爱。

2.

至今我也不知道小爱姓什么，我觉得百家姓里的任何一个姓氏都不可能和这两个字组成一个更动听的名字，所以这之后我也不再去刻意打听小爱姓什么。所有的人，包括老师都没有用其他的称呼叫过她。

日子渐渐久了，与学弟学妹们相处也熟了。小爱在他们中间无疑是最有人缘的一个，每天下课后总可以看到不少同学聚在她那里，看她的画，和她聊天。小爱的普通话说得不太好，一些卷舌头的音节往往会令她很困惑，这大约是因为她从小就生活在江南小城的原因。不过，也许正是因为这个缘故，她的语调总给我一种颤颤的如微风拂过风铃的感觉。

不知为什么，小爱从来不和我说话。美术班的课已经上了一大半，她和我最多的交往，也不过是有一回借了块橡皮，而且我注意到她是犹豫了很久才开的口。装腔作势，我很不屑地想道。

不过她和她的那帮小姐妹，倒是整天形影不离。关于她的情况我也慢慢从别人那里了解到一些。小爱只比我小两岁，在学校里一直是数一数二的好学生。她非常喜欢美术，中考的时候想要报考的学校都是美术学校。不过她父母不同意：画画能陶冶人，但不能作为职业。她最终服从了他们的意见，选择了一所重点高中。小爱的活泼可爱使她常常成为别人注目的焦点。但也许太优秀的人命运反而对她很薄情，小爱的身体不是特别好，进学校不久便生了一场大病，又给庸医延误，几乎死掉，后来不得不休学。在家调养了大半年后，精神好了许多，这个假期过完，就可以回学校了。在家闲住的日子里，小爱倒有了很多时间来学画，这个假期本是她表

姐邀请她到这个城市来度假的,没住几天听说有个美术班开课,便又着了迷似的来了。

小爱是个很勤奋的女孩子。每天最早一个来到画室的多半是她,而且如果下午上完课以后有人还没走的话,在画室那几排高高低低的画板后面也必定有她的身影。小爱以前专门学过国画,而且在她居住县城的画展上得过奖。可惜我没能亲眼见到她的作品,这些消息也只是在与她的那些小姐妹闲聊时得来的,小爱对于她的辉煌历史从未向我提过只言片语。

小爱的水彩画在班上无人能及。我发觉小爱对于色彩有一种天生的敏锐感觉,她的静物水彩写生中每一笔的色调和浓淡只一次就可以调配妥当,而且下笔极准确干净,很少会回过头来再作修改。画中每一笔的过渡和衔接都非常自然,整个画面构图更是严谨,但细节中又透出一种简单明了的活泼气氛。

她的画就连老师也赞叹不已。

我对水彩画则毫无兴趣,每次水彩写生我都是草草收笔。不过我最大的爱好却是看小爱画她最爱的静物写生。她画水彩很慢,每每我交了差她才起完稿上过第二次底色。我喜欢站在她的身后,看她的手在画纸上灵活地移来移去。那双手会轻轻地握住画笔,顺着笔触的走势在空中画出一个又一个优美的弧线。那是一双极富艺术气质的手,十指细细的,小巧而圆润,白皙得让我不敢多看。这总让我想起她那略略有些向上翘的极富弹性的嘴唇,同样圆润而小巧，但颜色鲜艳且夺目。这种鲜明而和谐的对比似乎也渲染了她画中的每一个角落。

这双手也一定会很柔软很温暖，我常呆呆地想道。然而我没有胆量去证实这一点。每当我想到这些的时候，小爱就像是有感应似的，会回过头来皱眉，对我做一个很奇怪的表情。如此几次之后，我总算明白她的意思不是别的，是觉得我站得太近了，使得她不能专心地画画。

3.

美术班的课程是交错着安排的，上过几天水彩之后就轮到素描了，这是我向来就很感兴趣的一门课，而且我更喜欢用铅笔作画。拿着不同浓淡、粗细的铅笔，可以在纸上用不同的线条和笔触组合出各种光线和阴影，形成各种形体与结构，在一个平面上构造出一个又一个实实在在的幻觉来。我觉得这比用毛笔蘸上一大堆颜料涂来涂去要有意思得多。

每张素描画我都画得很入神，在我用铅笔将我的观察和种种细微的形象重新组合在画纸上的时候，所有语言的存在都变成了一种很多余的东西，时间也似乎凝固了，我和我正在做的事情渐渐抽象起来，成为某种概念，而后这些概念又慢慢清晰起来，在纸上形成了一幅实实在在的图画。这整个过程对我来说，是一种无可

代替的完美感受。

每当我从我的画中醒来的时候，总觉得有道目光投射在我握着画笔的手上。当我回头追寻这目光的来源时，总是见到小爱呆呆地站在我身后，等我仔细地打量了她好一阵后，她才怔怔地看着我，涨红了脸，一言不发地匆匆转过身逃回到她的座位上。

222

4

夏天的天气总是变得很快，台风也会隔一阵擦个边来访问一下，这时候天上的云彩便开始又打喷嚏又发烧的了。我在学校里放荡惯了，从来就没有出门带伞的习惯，以至于好几次回到家时已淋得透湿，母亲于是告诫我以后不带伞休要出门。

家里的伞丢的丢坏的坏，已不可救药了，我翻箱倒柜终于找出来一把。这是把亮绿色底花的小伞，上面有一些鲜红色的印迹好像是随意涂抹在上面似的，所有的色彩都在这有限的地方拥挤着相互扩散着，就像有一次下雨的时候我画的一幅水彩。

我很喜欢这种混乱的结构。

可是，这把伞没有了顶插销的弹簧，如果要撑开的话，我就不得不自己用大拇指代替顶针的位置，手肯定不会很舒服。没有别的选择了，我看了看窗外的大太阳，怀疑昨晚天气预报的播音员是不是喝多了，顺手把这金玉其外的东西扔进书包。

这一天热得很离谱。

美术班就要结业了，课已经上完，最后两天是自习。这一天是最后一天了，虽然有些作业，可收拾完东西，一屋子人早走了个精光。中午家里是没人做饭的，而且回去也很无聊，所以我在学校吃过饭就四处闲逛去了。逛了一圈，已是满头大汗，心想还不如回画室去吹风。画室里开着风扇，的确要凉快许多。我百无聊赖地翻着速写课本，心想等太阳不晒的时候也开溜算了。

"啪！"一块画板平平地摔在我身后不远处的地上，扬起一阵尘土。我吓了一跳，回过头，却看到小爱满面通红地站起身来。

"对不起，我不是故意的。"小爱轻声说道。

好熟悉的一句话，我又想起报名那天的情形来，只是这次尴尬的不是我。

"你还没有回去？"我惊讶地看着她，"他们不是都走了吗？"

"我知道，不过，我想把这张画修改完。"

这是一张老师额外布置的自习作业，水彩写生，主题是三只萝卜、一捆白菜和几根小葱。我对这种作业毫无兴趣，所以早忘了还有这回事，而且据我所知，实在也没几个人去画这堆东西，我不禁有些笑话她的傻气。

我漫不经心地看了一眼她的画，很快就发现我的眼光留在了那几根不起眼的小葱身上。那是一种很坚强的样子，一丛散开的须根竭力伸展着，还带着些许湿湿的黄色泥土；碧绿的叶子一根根

挺拔地靠在做衬底的白布上,好像还有一些水珠的影子;在那中间是白白的一段茎,微微泛着光,显得饱满而润泽。那是一种白得让我有些担心的颜色,我不禁下意识地看了看她的双手。

她似乎发现了我有些不太礼貌的注视,悄悄地把手背到身后。

"好看吗?"她问道。

"美极了。"我不明白自己指的是她的画还是手。

"真的吗?"她欣喜地叫了起来,"这是我画得最认真的一张画了。"

雨下了起来,很柔情的样子。

余下的话我已经记不起来了,好像是小爱倒豆子似的说个不停,我饶有兴趣地听着,起初是聊画画的事,后来我不知又说了些什么好玩的故事,小爱笑个不停,看着我,显出很调皮的神情。

那天下午小爱与平时判若两人,她不住地说着笑着,时而又停下来,歪着头,让我讲在学校里的种种趣事。自从报名那天她狠狠地瞪了我一眼到现在,我第一次能在这么近的地方仔细地看着她。我也第一次注意到原来她笑起来的时候,脸上有一对很迷人的小酒窝。

"你为什么一直不跟我说话?"我怀着极大的疑惑问她。

"不告诉你!"小爱呆了呆,轻声说道,"我们来接着画画吧。"

我并不知道我是第一个胆大包天地拽她头发的男孩。

雨一直缓缓地下着，原本闷热的天气一下子清凉了许多。我和小爱坐在画板前，两人一起来画她的那张画，时间不知不觉过得很快。

"当……"敲下课铃了。

"你带伞了没有？"我看了看窗外，问道。

"没、没有，"她似乎迟疑了一下，"早上一点也不像要下雨的样子。"

"嗯，没事，我有伞。"我说道，"我送你回去吧。"

我们关上了门，离开画室。从窗外看雨好像很小，但实际上如果不打伞，不到一分钟就足够淋个透湿的了。我从书包里拿出那把伞，撑开来，这时我才记起这把伞原本是没法撑得起来的。

"嗯？"小爱很不解地看了我一眼。

"哦，没关系的，这样就可以了。"我忙用拇指顶在顶针的位置上。这样就没办法同时抓住伞柄，我只好低低地抓在中间，实在是很别扭。小爱看了看我举伞的滑稽样子，好像要说什么，不过最后我听到的是：

"我们走吧。"

用自己的手指当雨伞零件的滋味非常糟糕，那两根钢丝戳得我的手疼得不得了，我还得尽量把伞举高一些以免挡住眼前的路。

这把伞实在不够两个人用的,风夹着雨打过来,我的身上已经湿了一片。我尽量把伞举得靠小爱的那一边,可又担心伞柄会碰着她的头,只好斜斜地举着。

这天小爱没有扎辫子,而是长发垂肩,头上戴着一只十分别致的发夹。她黑黑的头发缓缓地在风里飘动着,好像一首在琴弦上徘徊的轻歌。青丝如诗。我在心里默想着这句话。风悄悄地把她的头发拂弄起来,送到我的唇边,带给我一丝淡淡的茉莉的芬芳……

一路上小爱不出声,只顾漫不经心地低头走她的路,好几次都差点撞上飞驰而过的单车,我实在想不出她在琢磨什么。

"还在想你的画?"我问道。

"嗯,"她梦游般地抬起头,"什么?"

我又好气又好笑。

小爱住的地方离得不远,实际上没走很久的时间。天也很奇怪,我们到了,雨也停了,我盯着路边的小水洼,有点发呆。

"你的伞,可以收起来了。"

我这才发觉我的胳膊还保持着一路上的姿势,赶紧把伞放下。

"哎哟!"我从伞下抽回手时不由得叫了一声,突然失去了压力,原来顶住伞的手指像针扎一样疼。

"你怎么了?"小爱关切地问我。

我看了看自己的手指,两道深深的印痕,红红的好像已经压出血来了。

"天啊！"小爱惊叫起来，"怎么会这样？"

"都是我不好。"小爱一边说道，一边在她的书包里找东西。

一阵凉风吹过，小爱打了个寒战，我这才注意到她身上另一边也已全湿了。

"对不起，让你都湿了。"我歉意地说，"我的伞太小。"

她终于在书包里找出一块方方的淡紫色的手绢。轻轻地，她拉起我的手，用手绢为我那个因公负伤的手指包扎起来。

"不过你的伞很漂亮，我喜欢。"她一边说着，一边用手灵活地穿来穿去，好像是我熟悉的用水彩勾勒线条的姿势。不到半分钟，我的手指头上多了一圈漂亮的"围巾"。

我很意外地看了好久这个新的"装饰品"，缓缓地，我用我的双手握住了她的两只小手。她的手抖了抖，不过，她终于没有抽回去。

小爱的手静静地放在我的手心里，暖暖的，柔柔的，一种似曾相识的感觉。

不知过了多久。

"我回去了。"她微微地向我笑了笑，转身朝楼梯走去。

我目送她上楼。她半开着的书包里，露出一把小小的红伞。

6

第二天是美术班的结业典礼，我在人群中到处寻找着，但总也

看不到小爱的影子。后来我听到有个女孩对老师说,小爱生病了,不能来参加典礼。

第三天,我没有再回学校。

后来,我也没有再去过画室……

转眼快开学了,我忙着收拾东西去学校报到。临走前一天,邮局通知我去领邮件,我拿回一个卷得好好的纸筒,没落款,没地址,邮戳是江南水乡的一个小城市。

打开来,是我熟悉的一幅画,小爱最后的那幅水彩写生,那几棵小葱依旧水灵灵地立在那里。连同画一起的还有一张小小的卡片,上面写了短短的两句话:

在月亮升起的地方
有我在为你歌唱。

小爱

228

蜡笔小旧的护花计划

那是我第一次到他家。江子易拉开门的时候我看见一只鹦鹉站在鸟笼上说，花想容……子易……想你！

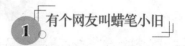

1 有个网友叫蜡笔小旧

我给蜡笔小旧打电话时，许娅在一边笑得喘不过气。

我问："我是谁？"

"'水湄伊人'。"

"我的芳名是……"

"花想容。"

230

"我的生日、星座、最爱颜色、最爱食物分别是什么？"

"3 月 11 日、双鱼座、粉色、麦香鸡腿堡。"

"我的电话……"

他在 3 秒钟内流利地背出了那 11 位数字，我心满意足地挂上电话。许娅说："花想容，你刚才问的问题很有精神病人的特征哦。"我笑："是吗？""不过也别高兴太早，这样的人很会泡 MM 的呢。"许娅酸溜溜地说。

半年前，蜡笔小旧怪味十足的名字站在一大堆花花绿绿的 ID 中，一下子就吸引了我的眼球。他问我学什么，我说中文，他说那我发道题目考考才女。下列哪一项为女作家丁玲的代表作品：

A.太阳照在三个和尚

B.月亮照在三个和尚

C.星星照在三个和尚

D.以上都不是

我大笑特笑，从此蜡笔小旧的 QQ 号码便出现在我的好友名单里。加他的那天，他说："MM，好眼力啊，你以前认识的最帅的男生现在要屈居第二了。"

后来我知道了小旧名叫江子易，在这座城市南边的一所大学读书。

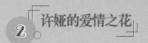

许娅的男朋友袁剑南送给我们宿舍一盆挺漂亮的盆栽植物，说如果细心照料的话过不了多久就会开出美丽的花。许娅拍拍我的香肩："花想容啊，我要给笔友写信，陪网友聊天，跟街友去淘衣服，和乐友研究新上市的唱片……照看爱情之花这一神圣的历史使命就压在你稚嫩的肩头了。"我说："放心吧，花想容全力以赴，保证让许某人和袁某人的爱情之花开放得娇艳夺目。我一会儿就去买喷壶，认真履行护花使者的职责。"

花儿在我的照料下茁壮成长，许娅看得眉开眼笑，请我去吃"德克士"。可一个月后，那盆原本鲜活的植物开始掉叶子。许娅捡起一片枯萎的叶子心疼地说："长此以往，我的爱情之花岂不是还未开放就要凋零吗？"我说我按时为它浇了水啊，可不知为什么它的生长情况与我的付出不成正比。

几天后，一位做校刊编辑的老乡来看我，自称精通养花之道的

他很肯定地说,花想容,这花儿缺少阳光,你把它搬到向阳的地方吧。

花儿从此便结束了暗无天日的生活,每每风起时就有机会在明媚的阳光下婆娑起舞。可我很快发现未享受阳光照耀之前花儿掉叶的平均速度为 1/2 片/天,被搬到阳台上后这个速度加快了一倍,为 1 片/天。一周之后,从下往上看,花儿下端 1/3 处的叶子已经落尽,像生病的孩子一样蔫蔫地站着。许娅快哭了:"你那老乡编文章挺行,养花就难说了,瞧把花折腾的……"我也长吁短叹,凑巧这时小旧打来了电话。我向他倒完苦水后,他说:"怎么不找我啊?我不是告诉过你我虽然为家人所迫读了计算机系,但对于园艺管理也是有一定基础的吗?要知道我叔叔是做花木批发的呢。有专业人才不请教反去听外行人的,我终于知道人才是怎样被浪费的了……算了,不批评你了,告诉我那盆花叫什么名字?"我说不知道。他苦笑:"那它有什么特征吗?"我说花还没开过我看到都是叶子。"叶子有独特的地方吗?"我回答是圆的,锯齿状……他说遇上你这么笨的还真没办法,到现在我还是不明白到底是什么植物,要不你先施点氮肥,也许会好点。"

一语惊醒梦中人。我到花卉市场买了花肥施上,几天后,叶子倒是不掉了,可它们开始变黄、变干。

又打电话给小旧,他问:"施了多少?""1/2 袋。"他夸张地叫:"天!你没看说明吗?一次要少施一点!"我说:"我以为它病入膏肓了,要加大用量呢。那它……还有救吗?""……你带片叶子给我看吧,我想想办法。""想得美!想借机哄我出去见面啊!我说过的,对于网络上的朋友和现实中的朋友我分得很清!""别那么激动好不好?网络只是我们认识的媒介而已……小旧我尊重你的意见,可怜的是你闺中密友的爱情之花啊,还没来得及绽放就要凋谢了……"

我想了想,说你等等啊,然后捂住听筒问许娅:"亲爱的,为了一盆花值得让他目睹我的色相吗?"

许娅看看我,又看看花:"嗯,值。怎么说他也是袁剑南送的呀。他是我帅帅的王子、我亲爱的猪猪、我心中的珠穆朗玛、我最爱的Superstar……你是电、你是光、你是惟一的……"天,这丫头又开始即兴表演了。

我对小旧说好吧,但你要记住,我这次是舍色相为朋友,绝非想和你发展什么。我的动机是单纯的,我的行为是伟大的。小旧乐得手舞足蹈(我听到了他用力跺地板的声音),说好的好的,"月上柳梢头,人约黄昏后",明天晚上6点整,我们在新苑路22号的星巴克里开始浪漫之旅。

可怜的我"被迫"要与蜡笔小旧见面了,不过说实话这一天我不知已期待了多久。我设想了无数次见面时的情景,老天保佑,这小子不要太不帅,不要太不温柔,不要太不谦虚。

电话响了,又是小旧:"刚才忘了问你,你喜欢哪个牌子的化妆品?八杯水还是资生堂?""没那么高档,50块一瓶的玉兰油就OK

了。""那,你有没有偶像?"我说你莫名其妙问这些干什么?他说没什么没什么,便收了线。

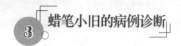

③ 蜡笔小旧的病例诊断

5 点 55 分,我来到星巴克门前,约好见面时我拿一本杂志。所有的座位上都是两个人,于是角落里那个只有一个人的位置理所当然引起了我的注意。座位上的男孩干净、帅气,令好久没有看见帅哥的我眼前一亮。

他的目光透过薄薄的镜片落在我手里的杂志上:"小姐请问你找……"依着曾经从电话里传出的小旧的声音,我说:"蜡笔小旧,你好哇!"

他惊讶地张大嘴巴:"50 块钱的玉兰油能滋润出这样娇嫩的皮肤?"

我翻翻大杏眼,做了个鄙视的表情。

这家伙对我上看下看、左看右看、前看后看:"原以为水湄伊人一定美得不像话,谁知也就是配我刚刚好。"

我咬牙切齿:"许娅告诉我声音好听的男人多数长得丑,今天见了你才发现这句话有点问题。"

他喝一口咖啡,悠然自得地问:"是不是发现声音好听的男人也有长得很帅的,比方我?哈哈,你是第二十个夸我长得帅的 MM

了,而这个数字正好和我的年龄吻合……"

"不,我发现,声音难听的男人有些也挺丑的,而且还自恋得要命！"

小旧的椅子晃了一下,我看到他使劲吸了下鼻子,扶了扶鼻梁上差点跌下去的眼镜。

我拿出一片枯萎的叶子,他翻来覆去研究了半天,说,嗯,问题还挺复杂,看来要做现场诊断才行。有没有胆量带我到你们宿舍？

我大叫一声:啊？又说等等,我得请示领导。

许娅在电话里的叫声比我还夸张:啊！有没有搞错？我受不了了,那个蜡笔小旧到底有多大魅力,第一次见面你就引狼,啊不,引小旧入室呀？停了两秒种,她又说那好吧,谁让我爱情之花的命运掌握在他的熊掌中呢？

小旧驱车（八成新的电动车）朝我们学校的方向驶去。他说:"现在可是晚上啊,和我一起走,你不怕自己不安全吗？"

我不屑一顾:"我长得安全,又没有多少银子,无财无色……再说了,路边的保安哥哥成群,警局里警察叔叔成堆,何惧之有啊？"

他坏笑:"就你,还安全？"

许娅还算有自知之明,没有让她的比猪窝还乱的床铺大白于小旧帅哥的眼皮下。小旧喝完一罐可乐后,迅速扫描了一遍爱情之花,然后从花盆里捡起一片落叶琢磨了好长时间,用一根方便筷子戳戳花盆里的土,最后开出病例诊断:

此花因长期浇灌过度、缺少养分导致土壤板结、营养不良，再由两个懒蛋加花痴（对养花的知识一无所知，近乎白痴）照顾，且进行"日光浴"的时间过长，病情已颇为严重。如此下去，将病入膏肓，必死无疑。今幸偶逢——蜡笔小旧江子易先生拔刀相助，若施以吾所授之法，不出一个月，病情必有明显好转。

治疗方案：每1～2月施肥一次；经常松土，保证土壤松软；此花喜阴，切勿放置于阳光下；不可过度浇水，两周喷水一次，经常以水雾湿其枝叶即可。

PS：如有意外，请拨打专家热线：136××××××××

蜡笔小旧临走前还留给我一套关于花卉管理的书籍："你又不喜欢化妆品，又没偶像，给你选礼物难度系数还挺大啊——伊人，想我时就看看这几本书，要认真看啊，特别要注意最上面一本的第55页！"我说我只知道女人有更年期，没想到小旧也有啊——你怎么这么啰嗦！

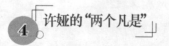

4　许娅的"两个凡是"

对花儿施以小旧所授之法，不出一周，一些枯黄的叶子果然慢慢返绿。许娅在宿舍里跳得老高，说这家伙还真不同凡响。我说那是，人家跟花木批发的叔叔十多年都徘徊花间呢！许娅说花想容，你不会是对那个小旧动心了吧？作为过来人，我要把自己多年来总结的爱情法宝毫无保留地传授给你。关于爱情一定要坚持"两个凡是"的基本原则：凡是对方是帅哥自己不是美女的一定要放弃；凡是对方有女友而自己还单身的一定要放弃。

我说谢谢许娅同志的谆谆教导，花想容一定谨记在心。

在 QQ 里告诉小旧花儿好多了，他发过来一句：俺的辛苦能博得伊人会心一笑，一个字：值！伊人，你还有什么未了的心愿吗？

我说：有开心果吃、有可乐喝、有网上、有帅哥陪着聊天，呵呵，这样的生活很美好啊。不过如果能养只猫叫摇摇，养只狗叫摆摆，养只小白鼠叫蹦蹦，养条鱼叫跳跳，那就好上加好了！

瞧你满怀憧憬的样子！想开动物园啊？

有什么不好吗？不过现在有点不现实，学校禁养动物。

是吗？我倒是有只鹦鹉，叫飞飞，什么时候过来看看啊。

你们学校允许养动物吗？你那只笨鹦鹉会讲话吗？

我在校外住，它会讲话。笨蛋，电子信箱里的邮件看了没有？

我疑惑地点开那封未读邮件。一根竹竿敲在一个大大的猪头上，旁边有一句话：55 页的内容看了没？

赶忙找出那套书，拿出最上面的那本翻到 55 页。一句话：花想容，我希望咱俩的关系能进化成王菲和李亚鹏那样！

又上线，我打了一个字过去：呸！

恋上我
就别
想跑

小姐，请注意保持你水湄伊人的形象。虽然聊天室里没有卫生监督员，也不代表你就可以置社会公德于不顾，随地吐痰啊！相不相信我会大义灭亲送你去见警察叔叔啊？

你少在那里疯话连篇，我相貌平平，瞧你海拔一米八多，而我才一米六，站在你面前就像珠穆朗玛峰跟富士山比个一样……再说我们才见过一次面，许娅告诉我了我们这样的人是不会有未来的。

你不丑，丑的话敢叫"水湄伊人"吗？

那是为了弥补自信，再说我不相信网恋。说罢我匆匆下线，在手机高唱《七里香》前按了"关机"。

第二天早上一开手机便收到5条短信。前5条短信内容均为12:00前在QQ上等你。

可恶的小旧那不知是真还是假的表白害得我心猿意马，尽管我极力克制自己不要上网还是在12:03分时上了线。小旧不在。他没有等到我，一定是生气了。

小旧消失了。在网上遇见了好几个蜡笔小旧却都不是他，打他手机却一直关机。我一条接一条地发短信，他却没有一点回应。

我望着那盆已经有了花苞的许娅的爱情之花呆呆地想：小旧走了好久啊，5天零14个小时。

看我坐立不宁的样子，许娅说：完了花想容，你无药可救了。我看你爱上那只小旧了。

我问自己我有吗？我有吗？我有吗？爱一个人总会滋生出无

限烦恼，白痴才会那样！可梦里竟有了那只死小旧的影子。他揽着我在开满鲜花的小路上看风景。早晨醒来对着镜子化妆时我说：花想容，你死定了。

第六天，我第 N+1 次打电话到他们宿舍时，有人说："哦，他回来了，请稍等。"

几秒钟后，小旧的声音传过来："莫非他们说的每天 20 多个电话找我、想我想的不得了的清纯佳人就是你，花想容？我不过是想试试你对我是否有感觉，实验结果令我很满意啊。"我说别自恋了你，我是怕你失踪了以后许娅的花养不活我会被她骂！

5 ○ 幸福来得太快了

7：20，手机响了，是小旧的电话。我从嘈杂的新闻联播的声音中听出一个有点娘娘腔的叫声：子易……想你！一刹那间，他略带磁性的声音在我耳边化做了一种干扰，那些准备和他调侃的话我一句也没说便匆匆地收了线。我在心里说：花想容，你自作自受，"两个凡是"的前提条件你现在全部具备，看这段感情该如何收场！

40 分钟后，传达室的阿姨跑上来说有人找我。我跑下楼去，竟然看到江子易站在那里。

请问你找谁？

他一脸茫然地问：花想容你怎么这么酷？

我说你 GF 没一起来啊？就是刚才说想你那个！

我 GF？江子易先是一惊，接着笑得前仰后合，说你误会了，跟我到我家好不好？

我说我不去，我就是不去！可还是被江子易推进出租车。

那是我第一次到他家。江子易拉开门的时候我看见一只鹦鹉站在鸟笼上，说，花想容……子易……想你！江子易拍拍鸟笼说："你好！飞飞！这就是你未来的女主人哦。"我回过头瞪着江子易：什么意思？

鹦鹉都知道了你还不明白？非要我这么不善于表达的人把那么让人脸红心跳的话说一遍吗？我要告诉全世界人民我喜欢花想容！我喜欢花想容！我喜欢花想容！

天，原来刚才那句话是我断章取义？不过这幸福，来得也太快了！

黑夜温柔

风筝不哭

他上上下下地打量了一下蓝小宣，这个梳着黑色长发、穿着水蓝色裙子的女孩，背过去的手中拿着一只巨大的黄色蝴蝶风筝。

1

蓝小宣坐在体育场的最顶层，头顶上是一片湛蓝的天空。小宣把头抬向左，左边是小小的男孩坐在草地上挥舞着粉嫩的小拳头，正在冲着她微笑。小宣把头转向右，右边是大片的楼群，偶尔有几只黑色的鸟从天空中惬意地划过，好像乐谱上美丽的音符。那片楼群的颜色不一，依次是粉、蓝、白、绿，在最右边的橙色楼群中，住着一个男孩，蓝小宣总是把头转到右边，就再也转不回来。

她忘记这是多少次在傍晚准时出现在体育场了，每天的这个时候，都会有一个穿着布裙的小女孩拖着巨大的黄色蝴蝶风筝，在操场中央欢快地飞奔。有时候她抬起头来看着风筝，有时候又拼命拉手中的丝线。蓝小宣看傻了眼，眼望着这美丽的蝴蝶翩翩飞舞，直到女孩忽然跌倒，她才一跃从栏杆上跳下来。

她没有料到女孩会忽然跌倒，就像没有预料到名初的身影如同漫画少年忽然映落到她的眼里。她远远地看着眼前的一幕：他似乎变得更英俊了。她看着名初将女孩紧紧地抱在怀中，有些晶莹的泪水在眼角浮动，她想唤，却看到他抱着女孩快速地奔跑，最后停留在那幢橙色的楼群中，然后消失。

蓝小宣看着天空中美丽的蝴蝶慢慢地坠落到地面，便轻轻地走过去，似乎怕它会惊吓得飞走一般。然后她把风筝带回了家。

名初是无论如何也想不起蓝小宣这个人了。当她站在这曾经熟悉的门口，看到他一脸错愕的表情，她就已经确定了这一点。他的脸上还有细微的水珠，正在一滴一滴地滑到白色的背心上。他上上下下地打量了一下蓝小宣，这个梳着黑色长发、穿着水蓝色裙子的女孩，背过去的手中拿着一只巨大的黄色蝴蝶风筝。

你有什么事吗？他将古铜色的手臂抬起，擦了擦脸。这个……蓝小宣把头低下来，将风筝高高举过胸前。这个……给你。她已经听不到自己的声音，只看到他穿着木拖鞋的脚干净而消瘦。

名初错愕着，也许他看着蓝小宣的眼睛，也许他看着她拿起来的风筝。这些，她已经不知道了，她只是听见自己咚咚咚的心跳声和下楼梯时略有凌乱的脚步声。她轻轻地闭上眼睛，食指划过古旧的斑驳的墙壁。那一年，曾经有个男孩抱着她走了无数阶梯，然后用手轻轻地将她的泪水擦去。她还记得那个房间，名初把她放在床上，拿出医药箱和纱布，帮她包扎着伤口，伤口包扎完后，任凭他拿冰激淋、布娃娃一类的小玩具怎么哄，蓝小宣的泪水还是自眼中一滴一滴涌出，如同断了线的风筝，找不到方向。

最后，他将墙壁上的巨大白色布帘用力地拉开，蓝小宣猛地抬起头，忽然看到了墙壁上的画，刹那间就停止了哭泣。墙壁上画着五颜六色的风筝，有蜻蜓，有脸谱，有章鱼，还有一只巨大的蓝色蝴

就别
想跑

243

蝶,画在正中央的位置。

3.

　　蓝小宣的样子是彻彻底底地变了,跟五年前那个哭泣的小女孩相距甚远,所以他才不记得她,她这样安慰自己的时候,已经走出那座楼群,外面仍然是望也望不到尽头的蓝天。

　　其实后来她跟踪过他几次,就远远地跟在他身后,看着他一点一点消失的身影。有时候也能见到他的妹妹名菲,那个在操场上经常放风筝的小女孩,仰起头跟名初有一样好看的笑容,只是那时候,她怎么也没有想到过,那个美丽的小女孩,居然是名初的小小影子。有一次她经过他的学校,他从蓝小宣的身边经过时,跟同行的男生闲聊着,蓝小宣没有听清楚他们具体在说什么,只有一句话永远地记住了:女孩子还是长发好看。

　　她回到家里,看到镜子里自己齐耳的短发,微微地红了脸。后来有很多次,妈妈都让她将头发剪回从前的样子。蓝小宣使出浑身招数,哭、闹,在地上打滚,总算保全了这一头长发。

　　后来听说他去了 N 城读大学,她就再也没有见过他。最后见他时,是一个午后,她放学徘徊在他家楼下。旁边的一个中年阿姨冲着楼上大声地喊着他的名字,名初。她抬起头,正好看到他从窗口探出头,那是三年前,她把头低下来,快步地跑掉,那时候,头发已经在脑后可以束成马尾。

　　名初，原来他叫名初。

4.

　　蓝小宣越来越频繁地去体育场，她带着一只小小的风筝，站在名菲的旁边。她用眼角的余光瞥到名菲在上上下下地打量着她。她哗的一下将风筝扬起来，大步大步地奔跑。看，风筝飞得多高呀！名菲开始跟着蓝小宣奔跑，她回过头，看着名菲因为兴奋而涨红的脸，她们的风筝一高一低地在天空中飞舞，直到天色渐渐暗淡。以后的一个星期里，蓝小宣总会在傍晚补习结束后，匆忙地回家做作业，然后带着风筝来找名菲。有时候也会带着一支冰激凌，和名菲一起坐在操场上，看着名菲幸福地吃完。

　　名菲开始唤她小宣姐，用小小的声音，红红的小脸从最开始的羞涩到后来大声的呼唤。蓝小宣几次眼里有泪光，却对着名菲傻傻地笑着。在灯火阑珊的角落里，看着名初家里亮起的淡黄色灯光，心里倍感温暖。

　　她转过身时，名菲已经拉起她的手指，小宣姐，可以送我回家吗？她犹豫了一下，便立即点了点头。临进门时，趁着名菲不注意，用手迅速地理了理凌乱的头发，拉了拉衣裙。开门的是名初，小菲，又去放风筝了吧，这么晚……嘴里是斥责的话，脸上却是呵护的表

情。抬起头来看到蓝小宣，他又是一阵错愕。没等说话，小宣已经被名菲拉进屋内。哥哥，让姐姐在我们家吃晚饭吧。

她被名菲牵着，名初长长的影子跟在身后。一进门，一桌子热气腾腾的饭菜已经准备好，名初的妈妈一脸喜色。蓝小宣左边坐着的是名菲，右边坐着名初。她手里拿着筷子，却在桌子底下揪扯着手指头。偶尔抬头碰见名初的目光，便匆匆地将头低下去，嘴角却有无法掩饰的笑容。

5.

有好多次，蓝小宣都想问问名初，还记不记得五年前的那个傍晚，他曾经遇见过一个小女孩。他房间里一整面画有风筝的墙，让她瞬间止住了眼泪。女孩问，怎么办？我的风筝刚刚丢在了体育场。名初说，那你就在这里面选一只吧，等你长大后，我做一只真的给你。她从上到下仔细地看着那些五彩缤纷的水墨风筝，伸手指了指最中间的那只——那是一只天蓝色的蝴蝶风筝。

可是这样的话几次到了嘴边，又被她咽了回去。过完这个暑假，名初又要回到 N 城，继续读他的大学。小宣仍然带着名菲去操场上放风筝，目光会时不时地转向名初的房间。她后来再也没有进去过，不知道那些风筝，还在吗？

名菲的叫声打断了她的思路，小宣姐，能去楼上帮我拿支冰棒吗？我的口好渴。

蓝小宣噔噔噔地跑上楼，边跑边将头发散开。她只是想让他看到，她的头发终于长过脊背，已经到了可以做他女朋友的年龄。

名初开门，说你等一等，我去厨房。

蓝小宣看到他虚掩的房门，不由自主地走进去。房间里有了一些变化，床的位置挪动了，换了一些家具；窗台上有着深绿色的植物。

她看到那挡在墙壁上的白色布帘，刚要伸手拉开来，名初已经站在身后，小宣，天气太热，擦一擦。他的手里拿着一条冷水浸泡过的白色毛巾。

蓝小宣接过来，脸颊通红。她将毛巾贴在右脸上，哥，这是什么？

哦，这个……名初刚要开口，忽然传来一阵轻快的敲门声。他转身去开门，小宣就趁机拉开布帘的一角，眼泪瞬间就掉了下来。

走进来的是一个女孩，跟名初年龄相仿，梳着齐耳的短发，穿着黑色的吊带裙。

她哭着跑出去。名初不知道发生了什么事，在后面大声地喊着小宣，小宣。她听着自己快速的脚步声，有风吹在脸上，忽然感到心微微的疼痛。

那墙壁上，已经是一片空白；还有那女孩，根本就没有像她一般的长头发。原来，一切都是谎言，他已经把一切都忘记了。

6.

名初找到蓝小宣。你那天到底怎么了？蓝小宣不说话，只是把头低下来，用手指头缠着自己的头发。

哥，你喜欢画画吗？她和他坐在体育场中央的位置，看着名菲小小的白色身影牵着漂亮的蝴蝶风筝。

248

名初点点头，嗯，是，以前我总是喜欢画很多。画很多什么？

蓝小宣的目光好像瞬间被擦亮了，她多么期望他说出那些话。

小宣，你到底是怎么了？那天为什么忽然跑掉？

我……她游移了一下，终于鼓起勇气说，其实我很早就认识你了。我经常坐在这里，喏，就是我们坐的这个位置。会看着你家里柔和的灯光，那天看着你抱起名菲时的身影，才知道她是你的妹妹，你知道我有多开心吗？也许你不记得……她愉快地说着，把头转过来，却看到名初一脸的冷漠。

所以，你才利用名菲接近我？蓝小宣，我真的不能想像，一个17岁的女孩会如此处心积虑。

我……她指着自己，惊讶地看着名初。她如何能够猜测到，在他心中，她居然处在这样的一个位置，或者，根本就没有她的位置。

然后是那样决然愤怒的身影，从她的视线中一点一点地消失。她看着操场上欢乐跳跃的名菲被他生硬地拉走，名菲还在回头望着蓝小宣，一脸的不解。她当然不知道，蓝小宣是那么喜欢她，像喜欢自己的妹妹一样，那个在 5 岁时，因为被上帝安排的一场意外车祸而死去的小女孩。

7

蓝小宣开始把头发扎得很低，再也不愿意散落。这个 17 岁寂寥的夏天，她不再去体育场，是刻意也好，逃避也好。她总是在放学时绕开，从小小的巷子口一直走回家。看到自己被阳光拉长的影子，寂寞而瘦弱，像一只在战场上落败的公鸡。她不敢抬头，怎么敢，一抬头就怕有泪水涌动，一抬头就能看到名菲攥在手心里的长丝线，放飞的黄风筝。

快走到巷子尽头时，蓝小宣看到一个小小的影子站在那儿，阳光耀眼，蓝小宣看不清楚那人的脸庞，可是不用看，她也知道那是名菲。

小宣姐……名菲拉住她的手臂。你怎么不把头发散下来？那样比较好看。小宣姐，为什么不去我们家吃饭？这个星期天，我在体育场等你，你一定要来哦。还有，哥哥就要走了……她目瞪口呆地等着名菲说出这些之后，心仍然是平静的。只是听到最后一句话的时候，忽然有了一种感觉，那种感觉，应该叫做疼痛。

她蹲下来，微笑着帮她整理了裙角，名菲乖，姐姐那天有事去不了，但是姐姐会想你的。说完，泪水已经打了转。她仿佛从名菲

身上看到妹妹的影子,和她去天国时安详的面容。

星期天,她刻意地躲在家里,却烦躁不安。

打开窗户向下望去,下面是碧绿的草地,盛开着七色的花朵;向上看,是蓝得那么耀眼的天空。蓝小宣看着镜子中的自己,最终还是给自己换上了白色的衣裙和球鞋,将头发束起。名菲会在吗?那天我说的话,一定让她很失望吧。

她慢慢地走下楼,然后大步大步地跑,急促的呼吸,似乎17年来,她从来没有如此焦急过。汗水开始浸透她的脸。临近了,她停下了脚步,抬起头来,只见天上飞着无数只风筝,一只比一只美丽。

蓝小宣惊讶地张大了嘴巴,那是她见过的世界上最美丽的风筝,是……一只巨大的天蓝色蝴蝶风筝,飞在最中央的位置,它那么平凡,比不上旁边色彩明亮的脸谱。可是,蓝小宣肯定,那是她见过的最美丽的风筝。

名初的脸庞慢慢地呈现,离她越来越近。她看到他孩子一样明净的笑容,拉线,放线。那只自由的蝴蝶风筝,在天空中呈现柔和的姿态,越来越高。她对着名初笑,直到笑出眼泪。然后轻轻地将手伸到脑后,哦,只不过是片刻,那一头仿佛只为这天而生的黑色长发,满满地,铺在她的肩膀上。那应该是,蓝小宣的爱情。

上帝让人世间充满变幻,蓝小宣知道,这一切也是上帝的安排。当名菲小声地在她耳边说,小宣姐,你丢失的风筝,在我的手中。她看着名菲手里拿着的那只小小的破旧的黑色蝙蝠。那是五年前,被她遗忘在操场上的那一只,她当时只记得疼痛和名初的脸庞,却忽略了有一个小小的身影拾到那只风筝,悄悄地跟着他们,上了楼梯。

　　听说,他们要搬出那幢橙色的楼群;听说,名初在整理旧物时,在一个破旧的箱子里发现了这只破旧的风筝,那上面小小的一角上写着三个字:蓝小宣。

　　听说,他打算在本城继续读大学,再也不回N城了;听说,蓝小宣也报考了那所学校;还听说,他们两个人经常在体育场上大步地奔跑,头顶上是一只天蓝色的蝴蝶风筝。在距离他们几百米的座位席上,有一个习惯穿白裙子的小女孩,吃着冰棒,看着他们偷偷地笑。

　　最后,听说蓝小宣再也没有将头发束起,也再也没有哭过。因为名初对她说过一句话,虽然墙壁空白,但是在我心中有一只最美丽的风筝,她不哭泣。

后 记

昨日的旧梦都已远去，再次相逢的你可否记得古老的誓言、发黄的相片以及多愁善感而初次流泪的青春。那些光阴的故事随着四季轮回，就像绽放在午夜寂寞的烟花，纵然短暂，却拥有瞬间的永恒。

为了重温那时的情怀，本丛书精选数篇青春新锐文学佳作，分别为《搭上暗恋的贼车》、《别以失恋的借口爱我》、《恋上我就别想跑》和《嗨！我们恋爱吧》，讲述无法忘却的情感往事，朋友之间的真挚情谊，感人肺腑的父母手足之情和成长背后的感悟哲思，以缅怀那些骑着单车飞驰的岁月和那些如阳光般明媚的忧伤。

但由于网络联系方式的问题以及部分作者地址不详，我们未能及时取得联系，在此深表歉意，请原文作者见书后速与我们联系。

E-mail: lswh168@vip.sina.com 或 happyorg@china.com

感谢所有的作者以及读者朋友们！

编者

2005 月 8 月

252